フランス柔道連盟の道場にて

ドイツのホームステイ先にたなびく日の丸

ドイツの柔道クラブの子どもたち

ひかり保育園しつけ教育柔道教室

ドイツ、エルツ柔道クラブから見舞いの寄せ書き

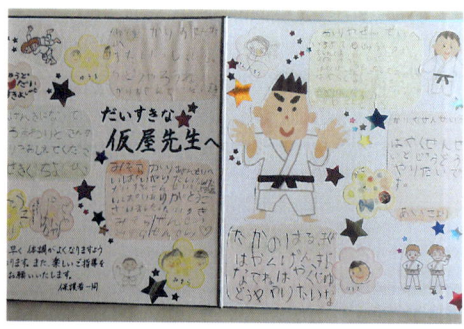

のぞみ幼稚園の寄せ書き

生かされ
生きられるなら

仮屋 茂

目　　次

まえがき …………………………………………………………… 4

第1章　転移の緊急電話
2014年5月18日㈰　運命 …………………………………………… 8
5月29日㈭　病院からの緊急電話 ………………………………… 9
6月1日㈰　入院、手術日決定 …………………………………… 10
6月2日㈪　大腸内視鏡検査 ……………………………………… 10
6月7日㈯　必勝祈願 ……………………………………………… 10

コラム①「ガン再発」 ……………………………………………… 11
6月8日㈰　入院当日 ……………………………………………… 14
6月9日㈪ …………………………………………………………… 18
6月10日㈫ ………………………………………………………… 21
6月11日㈬ ………………………………………………………… 24

コラム②「中学校の同窓会」 ……………………………………… 25

第2章　病室からの脱出
6月19日㈭ ………………………………………………………… 28
6月20日㈮ ………………………………………………………… 29
6月21日㈯ ………………………………………………………… 30
6月22日㈰　回復、復活そしてこれから ………………………… 33
6月23日㈪　手術と言う現実 ……………………………………… 38
6月24日㈫　ヒゲと人生 …………………………………………… 40
6月25日㈬　他言は無用 …………………………………………… 42
6月26日㈭ ………………………………………………………… 44
6月27日㈮　入院生活19日目、手術後16日目 …………………… 46
6月28日㈯ ………………………………………………………… 47
6月29日㈰　手術後18日目 ………………………………………… 48
6月30日㈪ ………………………………………………………… 50
7月1日㈫ …………………………………………………………… 52
7月2日㈬ …………………………………………………………… 52
7月3日㈭ …………………………………………………………… 53
7月4日㈮ …………………………………………………………… 54

ドイツからのお見舞い ……………………………………………… 55
友人たちからの手紙 ………………………………………………… 56
7月5日㈯ …………………………………………………………… 58
7月6日㈰ …………………………………………………………… 59

コラム③「生きるとは？　人生とは？」 ………………………… 60
7月7日㈪ …………………………………………………………… 62
7月8日㈫ …………………………………………………………… 63
7月9日㈬ …………………………………………………………… 63

7月10日(木)	……………………………………………………	66
7月11日(金)	……………………………………………………	69
7月12日(土)	……………………………………………………	70
7月13日(日)	……………………………………………………	71
7月14日(月)	……………………………………………………	71
7月15日(火)	……………………………………………………	74
7月16日(水)	……………………………………………………	75
コラム④「このまま、命、果てるなら」	…………………	79
7月17日(木) 退院直前	…………………………………	80
7月18日(金)	……………………………………………………	88
コラム⑤「"大丈夫"の生き方」	……………………………	89
コラム⑥「人間になれない子どもたち」	…………………	90

第3章　新しい年へ向けて、再びの闘い

10月30日(木)	再手術 ………………………………………	92
11月16日(日)	終わりのない闘い？ ………………………	92
11月23日(日)	見えてきたもの ……………………………	93
コラム⑦「柔道の基本は受身」「柔道も人生も哲学」	………	94
11月24日(月)	自分の生き方 ………………………………	95
11月27日(木)	柔道人は哲学者也 …………………………	101
12月7日(日)	2回目の手術へ出発 ………………………	103
12月8日(月)	氷川神社へのお参り ………………………	105
12月9日(火)	今日も快晴なり ……………………………	108
12月10日(水)	手術本番 ……………………………………	110
12月12日(金)	ICU室3日目 ………………………………	112
12月13日(土)	……………………………………………………	113
12月14日(日)	年賀状の作成は断念 ………………………	113
12月15日(月)	……………………………………………………	114
12月16日(火)	……………………………………………………	116
12月19日(金)	……………………………………………………	118
12月21日(日)	……………………………………………………	118
12月23日(火)	退院前日 ……………………………………	119
コラム⑧「地獄からの帰還」	………………………………	122
コラム⑨「幻の年賀状」	……………………………………	123
コラム⑩「戯れて」	…………………………………………	124
12月24日(水)	退院 …………………………………………	126
12月25日(木)	傷跡 …………………………………………	128
2015年1月1日(木) 新しい朝　新しい年	………………	129
コラム⑪「天命」	……………………………………………	130
コラム⑫「安らかに眠る」	…………………………………	131
おわりに	……………………………………………………………	132
あとがき	……………………………………………………………	134

まえがき

　俺はガン患者である。ガンで死ぬ。後がない。一体どうするんだ？　どうすればいいんだ？　今さらジタバタしても仕方のない事であるが……。ならばどうする。遺書、遺言など書き残すようなものは何ひとつない身。だったらせめて自分の生き様くらいは残しておくべきか？　反省を込めて書いていれば残された命のあるうちにそれなりの覚悟もできるのではと思い書き残す事にしたのである。"散る桜、残る桜も散る桜"で、どうせいつかは散るんだ。雑草と十把一絡げで呼ばれる名もない一雑草であるが、雑草は雑草でも雑草なりにいっぱしの懸命な生き様があったのである。いろいろな雑用人生ではあったがその主なものとしての少年柔道指導者の道を書きとめておく事にした。
　それは"先生"と呼ばれた、ひと言から始まった、これが自分の人生を大転換させ、これが以降の我が人生を紡ぐ源となったのである。そして、これが今につながっているのである。
　もちろんそれまでは"先生"と呼ばれるような世界とはまったく無縁なもの、夢にも思わなかったものであった。

　２週間ぐらいで帰って来られるものと思い主要なる人のみこっそりと今回の入院を知らせておいた。ところが、入院してから何と41日ぶりになってやっと我が家に帰るという異常事態となってしまったのである。２週間と思っていた期間にも全国規模そして関東圏レベル、さらに県内での大切な会議もあったが、"どうしても都合がつかなくなった"旨、謝り方々へ連絡は入れておいたのであった。しかし結果的に、入院期間が長引いたため、身近な活動事業も休まざるを得ない事態となり多大の迷惑をかける事になってしまった。読みが甘かったと大いに反省する事になったのであった。
　というのも今回の入院前に、痛いとか、体調が悪いとかはまったく

なく、手術前日も病院の周りをランニングしたくらいでいつものように元気そのものであったのである。3年前の初めてガン発覚時のポリープ除去手術では、1週間の入院で終わり、たいした事はないものと勝手に判断し、思い込んでいたのであった。肝臓と大腸の2ヶ所のガン摘出手術は10時間にも及ぶものであったために、この長期入院は当然の事であったのである。子どもの頃から身体だけは丈夫で病気などした事がなかった生活であったので入院とか手術とかは、甘く見くびっていた事を深く反省しているところである。

　実はこの夏フランスを約1ヶ月訪問してこれまでの30年間の交流の事、仲間との親しい付き合いの事などの成果を集約したいという強い希望のもとで企画し、フランス側もスケジュール作成をしてくれて楽しみにしていたのであった。この想いの裏には、もう若くない、いつまでも健康である保証はないという不安、心配のなかで企画したものであり、これらの運営には今回の入院をそれとなく予知、予言するものがあったのかも知れないと今、思い起こしている。また、さらに4月に講道館で開催される恒例の全国柔道高段者大会においても、もしかしたら今回が最後になるかもしれないという想いから、いつもと異なる気合いの入った攻める柔道を展開して見事な一本勝ちを収める事ができたのである。これも一寸、でき過ぎで何かの前ぶれかも知れぬと思った事が今回の入院、手術と結びついていくのであった。

　これらは「諸行無常」という、物事をそのままを受け入れ、その流れのなかで自然にまかせる事となった。しかし"何で今さら"、"何で俺がガンになるのか、ならなければならないのか"と恨めしく思う。仕方がないと思うも、しかしつくづく恨めしくも思えてならない。往生際が悪いが……。今、こうしてとにかく無事に帰還できて、順調にリハビリが進行し元気で活動現場に立てる事にただただ感謝、感謝の毎日である。よく言われる事であるが病気をして、初めて健康のありがたさがわかるとの通りである。しかしおかげでいろんな気づき、発

見、学びをする事ができた。ごく当たり前である日常生活にも改めて心から感謝の念が湧き出て、見るもの、耳にするもの全てが新鮮で感動的である。なにもかも全て"我が師"の感謝の毎日である。こうして生かされ生きられる事へのありがたさに命尽きるまで精進するしかないと固く誓っている。

　今回の執筆もそのありがたさの感謝の念をかたちとして表し、我が人生最後の営みとして精いっぱいの想いを吐き出せたと思う。また、こうして一冊の本に己の生き様を残す事ができて安堵である。

　"感謝"、"感謝"、「ありがとう」である。

水戸護国寺

第 1 章

転移の緊急電話

第1章　転移の緊急電話

2014年5月18日㈰　運命

　再びこういう縁があるとはまったく想定外の事。
　肝臓ガンにおかされている事が判明して、先週は検査に連日病院通いとなった。転移したものかそうでないかは不明であるが、2011年2月の直腸ガンの内視鏡での切除後、検査を継続してきてもう大丈夫と思っていたのに。

　3月の帰郷時、思いもかけぬ急ごしらえの中学校同窓会に18人も集まってくれて何か奇跡を感じていた。また、4月28日の全国柔道高段者大会では珍しく自分の好きなように柔道ができ、きれいに一本勝ちを取る事ができて何か変な思いがしていたのである。講道館の大道場に立てる事に健康を感謝するものとし今年も喜んでいたのであった。もう今年が最後かと決意しながらの実戦であったが、これが真実最後となったのかもしれない。ガン患者になってしまったのである。これも定めか、運命か、人生とはこういうものか、学び働き定年して人生を収める時期、古稀は越えたものの次なる75、80は夢のものとなってしまった。1人で生まれ、1人で死んでいく事はわかってはいるが、想いを新たに残りの人生を意義あるものにしなければならない。今、この世にあるのも天の定め、この世から去るのも天の定め、いろんな苦労をして社会貢献も成してきた。働きが足りないという事でいろんな苦難も相変わらず続く事は、未だお呼びではない、もっと苦労し働けという事と思っていたが、もういいよ、よくやった、もうそういう苦労は卒業という許しが出たという事か。それならむしろありがたい事、喜ぶべき事なり。残り日、生かされ生きられる限り精いっぱいの生き方を残す事が全てである。

5月29日㈭　病院からの緊急電話

　22：16　N病院から電話が入った。こんな遅くに、それもH医師からである。この緊急電話に、何か異変があったのではとイヤな予感がした。実はその内容は、入院日の決定についての事であった。先生が言うには大腸の上部まで検査していただろうかというのである。それは私にはよくわからない。上部までしっかり検査した方がいいというので、もちろん不確かな事なので、この際、徹底的に検査して下さいと申し入れした。

　本人が思っている以上に事は深刻な事態のように思えた。専門家の医師が真剣に危機的な状況ととらえているのに、本人だけが甘く見ているのかと心配になってきた。1日がかりの手術との事である。肝臓と大腸さらにあるいは胃にも転移している可能性があるという事であった。こうなるとフランス行きどころではない。とんでもない事、今は命、長らえる事を考えるしかない。まさしく命が切れるかつながるかの大事態である。事の重大さに我ながらビックリである。"オイ、オイ何でこうなるの？"である。

　まったく自覚症状がないのだから仕方がない。もしこのまま放っておいてフランスへ行っていたらどうなった事だろうと思うと背筋がゾッとしてくる。今さら何か大きな事をしでかすつもりなど毛頭ない。ただやり残しがあり、できる事ならあと5年ぐらいはと秘かに期待しているのであるが……。こういう事態になってくると、生きる事への愛しさが急に高まってくる。日々の生活の仕方やもろもろの物の見方にも哀れみの想いに変ってくるような気がする。また一方ではどうせ死ぬなら"特攻隊"のような気持ち、感覚での想いもしないでもない。そう簡単にできるものではないであろうが、死を前にしての隊員の気持ちが迫ってきた。アレヤコレヤ思い煩うならいっそのことバッサリ逝ってしまえと……。

第 1 章　転移の緊急電話

6月1日㈰　入院、手術日決定

　夜遅くにN病院H先生から電話が入った。
　6月8日㈰入院して、6月11日㈬手術が決定したとの知らせであった。"赤紙"だ。いよいよ決まったのだ。もう、こうなったら早い方がいいと覚悟していたので驚く事はない。いよいよきたかというところ。"イザ、出陣だ"。
　胃カメラでの検査結果は異状なしとの報告もあった。

6月2日㈪　大腸内視鏡検査

　09：00　病院2階内視鏡室。大腸内視鏡検査のための下剤の服用。「マグロールP100g」を飲み始めたところ。15分間隔に7～8回飲まなければならない。ポカリスエットを飲んでいるみたいで、さほど飲みにくくはない。しかし量は多いぞ。
　10：00　あと、残り半分だ。内視鏡検査が始まった。麻酔なしである。結構長く、また、痛みを感じた。ガスが溜まって苦しく、吐き気がしたがガマンできた。
　今日は疲れた。朝早く起きて6時のバスで潮来から出発してから結局1日がかりとなった。今は、やるべき事をやるしかない。
　医者の指示通りに素直に従うべし。
　もう既に大腸と肝臓を手術する事は決まっているので、今、また、検査するのはなぜだろう？　直近の状態を再確認するためであろうか？

6月7日㈯　必勝祈願

　明日、東京のN病院に入院する事になっている。今日、水戸での会議の帰りに水戸護国神社にお参りした。もちろん手術への成功祈願である。イザという時、万が一に備えて身辺整理はそれなりにして来

コラム①

「ガン再発」

　何と言う事だ。まさか再び出て来るとは？　信じられない。これはいよいよ本格的なガン患者になってしまったのだ。命がない？　生き長らえる事ができなくなったという事だ。まさか自分がこういう目にあうとはまったく予想もしないことであった。2011年2月の大腸ポリープ除去後の定期検査は忙しさにかまけて予定より遅れて受診に行った。もうこの定期検査にも行く必要はないであろうと勝手に思い込んでいた。日常生活において何の異常もないし、今回でもう最後にしようと思って出かけたのであった。ところがこの日の検査で肝臓と大腸にガンの再発の兆候があることが判明したのである。丈夫な身体を誇り自信を持って71歳までの人生を生き抜いてきた。貧乏暮らしが続くともその代わりに天から健康だけは決して負けないものを与えていただいていた。また、自ら、スポーツ活動で鍛錬していてタバコは一切やらず、また酒も少々嗜む程度のもので快調そのものであった。自分の取り柄は元気の源であるこの頑丈な身体だけはと自信を持って生きてきたのに……。

　何で俺がガンなんかになるんだ？
　何の恨みがあってこんな仕打ちをするんだ。
　怒りを込めて大声でわめきどなってやりたい。
　どうする？　どうすればいいんだ？

講道館（の玄関）

第 1 章　転移の緊急電話

いるが心の準備にやはり神社仏閣への祈願は当り前の事である。"神"頼りは無論の事こういう事態に追い込まれると人間は弱いものである。縁起でも何でも利するような事にはすがるしかなくなってくる。やっぱり弱いものである。駐車場

水戸護国寺

から本殿に昇っていくところに"しあわせ坂"というのがある。皮肉か？　今の俺には"しあわせ"どころか"生きるか死ぬか"の絶体絶命なんだとつぶやきながらも"しあわせ坂"を昇った。本殿にお参りした。いつもの感情と異なる。見るもの聞こえるものがちがう。"生きる事"とか"命"を考える時の真剣さはこうも素直になるものなのか？　いつもこうあるべきなのであろうが……。もちろん鹿嶋神宮にもこの戦いの必勝祈願済みである。"払い給え、清め給え、守り給え、幸え給え"と……。

　いよいよ明日、入院のため出発。出家である。主なる関係先への連絡も終わった。やっておくべき事は一応済ませた。何が起るかわからない事、念のための準備はしたつもりである。一日がかりの手術と言っても初めての事。想像がつかない。心配しだすときりがない。不安は増し限りなく広がっていく。手術の失敗もあり得る。合併症や感染症もよく耳にする。

　本人と家族への手術の説明書にも合併症の恐れのある事を記してある。大量出血による再手術（開腹止血術）胆汁漏：胆汁漏が多く、再手術する事もある。さらに肝不全：術後肝臓の機能が不十分となり、致命的な状況となる。縫合不全：S字結腸を切除したあと、直腸と下行結腸を再びつなぐが、そのつなぎ目から腸の内容物が漏れる場合があるという。偶発症：手術後のストレスにより脳、心、肺などの梗塞、

肺炎など予期せぬ事態が起こる事があるという。
　これから起るかも知れない事への不安、怖れ恐怖は際限がない。今は腹をくくって立ち向っていくしかない。この後におよんでバタバタしても仕方がない。全てドクター、ナース、他病院関係者にまかせるしかない。天命を待つのみだ。
　健康のありがたさを痛感するが、それにしても悔しい。残念である。今継続している諸活動が全て途絶えるのである。病人になるという事はそういう事だ。入院して病院の人（病人）になるのである。ひょっとしたら、このまま逝ってしまうかも知れないのだ。真剣に考えてしまう。歳を重ねて体力がなくなっていくと、しまいにはこれまでのような社会生活を営む事ができなくなるのである。早いか遅いかのちがいで近い将来必ずやってくる現象なのである。こんな事を考えるといっぺんに気が萎えてくる。認知症とか寝たきり老人に限りなく近づいてくるのであるし、いくら否定しても必然の流れである。流れに身をまかせるしかない。これらは、決して縁のない事ではないし、わかってはいるつもりであっても結局は人ごとに見ていたのである。こうして、現実の問題となってくると余計な事ではなく事実として真剣に考えざるを得ない。逆にこうして真剣に考える機会を得た事をありがたく思う事である。正直、いろいろ迷いながら自分の身のふり方や家族の事など、あれやこれやと考えるいい機会にもなった。結果がどうなれ今は覚悟するしかない。歳を重ねると身体のいろんなところに老化現象が出てくる。視力低下、耳が遠くなり聞きづらくなる。歯の衰えも隠しようがない。物忘れや物覚えが悪化してくるのも仕方のない事である。賞味期限が過ぎていくのはどうしようもない。身体の各部品の耐用年数が限度を越えて修理が効かなくなってきている。現実はこうしてさらにこれに歳を加えていくのだから、悪いなりにいかに巧く使ってその性能を維持していくかである。仲良くつき合っていくしかない。タバコはやらず、酒も飲める方ではないしこんな病気にはとう

第1章　転移の緊急電話

てい縁がないと思っていたがそうもいかないものだ。

　いろいろあるが今こうしてある事をありがたく思うしかない。感謝の心で過ごす事である。フランス、ドイツ他の海外の仲間にも心配かける事になったが、これも仕方のない事、早期の回復を強く願って元気で再会できる事を楽しみにするしかない。回復への"気"の源となる。こうしていろんな想いのなかで、いよいよ明日入院となった。

6月8日(日)　入院当日

　09：30　病院に到着。梅雨入りして3日目である。鹿嶋を出る時から雨模様であったが幸いな事に傘をさす事はなかった。

　病室は8階の821号室である。4人部屋の入ってすぐ左側のベッド人となった。午後H先生があいさつに見えた。ナースが、血圧、身長、体重、血液検査をした。そして入院についての説明があり妻もいっしょに聞いた。血圧は145。先日の125より高く出ている。多分、緊張しているのであろう。今日から尿はトイレに流さず必ず備えのビニール袋に入れる事になった。これが「貯尿袋」である。それぞれに患者の名前が書いてある。毎度このコップに出したものを入れるのである。こうして手術前の諸準備体制に入っていったのである。もちろん体調管理も大事であるが精神的な備えも大切である。臨戦体制だ。14時頃、責任者であるM医師がゾロゾロ数人の部下をしたがえて問診と激励に見えた。この後、妻も一旦帰宅した。1人になりホットひと息したところでウトウト眠り込んでいた。15時頃、目をさましたところで手術前から手術後までの病院から配布された説明書を読んだ。

　その中に身体中に沢山の医療器具を装着した患者の絵があった。こんな事になるのかと驚きであった。凄い事大変な事態になるのだと緊張が走る。恐くなる。手術後1週間ぐらい過ぎるとこれら装着物が取り外され約2週間ぐらいで退院する事になると言う。ヤルしかない。頑張るしかない。昨夜フランスの柔道仲間のディディアファミリーか

ら"入院ガンバレ"のメールが入った。"必ず一本勝ち"して帰還する旨返信しておいた。ジャックがフランスの関係者に"シゲルが大変だ""入院、手術する事になった"と伝えたようである。(この夏、約１ヶ月フランスを訪問する予定で多くの仲間達が待っていてくれたのである。)

　病院の８階のラウンジにて、渋谷のビル街を眺めながらペンをとっている。緑が目に映える。やっぱり、いつもと見る物の感じがちがう。空しく見える。曇っているが今のところ雨は降っていない。
　今日、北浦柔道クラブからサマーキャンプの件で電話が入った。白浜少年自然の家の予約がとれているが学校行事との関係で参加者の調整が難しいようであるとの事。学校行事を優先するしかないのでその方向で最終調整するよう依頼した。
　嵐の前の静けさである。明後日からいよいよ、手術が始まり戦闘開始である。"何でこんな事になるんだ"である。大腸ポリープを軽く見ていた訳ではないが、まさかこんな事態に至るとは思いもしなかった。内視鏡で、きれいに切除できたのを喜んでいたのに……。結局はこれが全ての源となり今日の転移が発症したのである。"一体誰の責任だ"と言っても何の解決にもならない。結局は己の責任であり"切腹"する事になったのである。この年齢になっての我が人生で初めての手術である。こんな事態が待ち受けているとはまったくの想定外の事であった。この事態、居直って逝くも仕方がないとも思う。考え方によってはよくもここまで生きてこられたものよと。"大きな荷物を背負って歩くが如し"で苦労ばかりで心休まる事がなかったように思える。一方ではその中での人とのすばらしいめぐり合わせもあり"人生意気に感ず"の思いもたくさんあり"我が人生悔いなし"の想いも強い。したがって"精いっぱいやり尽くした"の想いもしないでもない。"まだ、まだ、これしきの事で"という未練もあるのも事実であ

第1章　転移の緊急電話

るが……。
　地域の活動や世界各地に広がった柔道交流活動を考えると死んでも死にきれない。

　街並みが月に映えている。雨が上がり曇ってはいるが雲間から月が顔を出している。入院1日目の夜である。嵐の前の静けさというところか？　これから一大事が始るのである。ホントに"何でこんな事になるんだ"とつくづく思う。大腸ポリープの切除も成功したと思っていたし、元々我が家系には"ガン"など縁がなかったのである。これは例外中の例外なのだと思って軽くみなしていた。しかし何の因果かこんな事態に陥ってしまったのである。覚悟するしかない。病院、医師に任せるしかない。
　何の因果かわからないがこれも全て自分の責任で起った事、因果応報であろう。その責任は腹切りものである。仕方がない。これも何かのめぐり合わせである。素直にこの裁きに応じるしかない。いつもの日常活動ができない事は身を切られるほど辛い。子どもたちが待っている顔が浮かんでくる。「諸行無常」なり。
　20：20（18時位夕食をとり、ラウンジで読書しているところ）"武道の教えでいい子が育つ"というスウェーデン空手家柚井ウルリカ著「しつけの基本」「スウェーデン人の生き方、日本人の生き方」「Quality of Life」一人の生きる価値。
　わかり易く人の生きる価値を教えてくれている。
　スウェーデン人でありながら武道の理念を活かした生き方を創り出し子どもたちの育成に活躍している姿は、とても身近に感じ共感するところが多い。改めて自分のこれまで取り組んできた40数年間のスポーツ活動や柔道を通しての青少年育成、人づくり人育ての重要性を再認識する事になった。
　「お互いに助け合い譲り合って融和協調して人も自分も共に成長し

社会のために尽くす」という柔道理念に改めて自信と誇りを持った次第である。71年間の人生の中でのこれら取り組みには時として"皮をはぎ、肉を切り、骨を削る"思いを幾度となく経験して涙してきた事か。しかし今ではそのネットワークが世界にまで広がった事を考えると苦難がつくる人生に納得である。

「日本のいつまでも幸せになれない社会システム、教育システム」からくる諸々の課題を提言しながら、結局は個人の責任でつくり上げるしかないという教えである。「自助努力、自己責任のもとで自己実現を図る」という結論である。日本にいてもこういう生き方ができるのは奇跡であると言う。日本の中で自分らしく生きる事は難しいが、しかしだからこそやり方によってはすばらしい生き方、人生がつくれるというのである。自分のこれまでの生き方、人生をよく理解し、擁護してくれているような内容で、同感できるものである。42年間の青少年育成を中心とした地域活動が、県内から全国へそして世界へと拡大していった営みは、並大抵の事では実現でき得なかった事である。奇跡と思えるくらいの難行苦行であったからこそでき得たものであったのである。そしてその根幹は柔道理念であった。この柔道理念が国際交流活動によって大きく新しい世界を創り出したのであった。人づくり、人間教育の柔道理念は、世界平和につながっているのである。

地域の小さな活動、1人の営みが世界各国との柔道による交流に発展し、60回を超える交流活動はグローバル化の時代にこの上もない成果となってきたのである。これら地域での諸活動に忙殺される毎日はその確たる表われである。したがってこの間の多くの貴重なネットワークは宝であり財産なのである。これをもっと、最大限に生かすのがこれからのこの自分の使命なのである。くたばる訳にはいかないのである。

そして今、こうして大手術に立ち向かう。また、ふりかかってきた難行苦行だ。向かっていくしかない。"挑戦だ""修業だ""克服だ""負けないぞ！""運命の甘受なり！"。

第1章　転移の緊急電話

6月9日(月)

07：10　8階ラウンジにて　今朝の東京、快晴なり。

病院の敷地内でウォーキング。腕立伏せやスクワットのトレーニング。体調は良好なり。今日から手術を直前にひかえての諸検査が始まる。病院のガーデニング内でもつつじの花が終わってアジサイの花が咲き始めている。初夏にかけての好時節、草木にも旺盛な息吹が感じられる。人々も清々しい気分に溢れ元気が出てくる。しかし自分には今、大きな負荷がかかってきている。逃げられない重大な局面に立たされている。だが今はこれがベストな選択なのである。責任と覚悟を決めて今、ここにある。尽きない不安、心配、恐怖があるが受けて立つしかない。勇気をもって向って乗り越えるしかない。

8時過ぎに採血があった。この直前、大腸手術を担当するMY医師が若いドクターをしたがえて"大丈夫だから安心して"と激励していただいた。

朝食を終えた後シロップとカプセル2錠飲んだ。ピアーレシロップとカナマイシンカプセルというものである。ピアーレシロップは腸内でアンモニアを下げる薬である。カナマイシンカプセルは感染の原因となる腸内細菌などの病原菌を殺す事により感染症の症状を治したり、予防したりする薬である。

昨日、入院診療計画書にサインした。

診療科名：肝胆膵移植外科

病名：肝内部胆管癌

08：55　H先生とMT先生が飲み薬とCT検査の説明に見えた。

こうしてドクター、ナースが入れ替り立ち替りしてひんぱんに病室に来る。

薬は飲んだか？　気分はどうか？　次はこの検査があるなど、声をかけてくれる。

09：10　担当のH先生が来て、明日夕方の手術説明は大丈夫ですかと聞かれた。妻と長男が立ち会う予定である。
　11：00　8階ラウンジで現在の活動の1つである「児童クラブ」受託事業のこれまでとこれからについてのレポートを書く。
　東京は曇天になってきた。今日はCT検査の予定である。したがって昼食はこの検査後になる。今後、毎日翌日のスケジュール表が配付される。6月9日は検体検査として
　①CT検査　撮影区分、胸、腹部部位、肝臓3D解析
　②採血
　③尿検査
　と記されている
　12：20　1階の放射線撮影の受付を通してしばらく待機していると撮影室へ案内された。
　CT造影検査はこれまでにも受けた事があったが造影のための注射をうけると身体中が熱くなってくる。ナースがしょっ中"大丈夫ですか""何か変わった事はありませんか"と聞く。もちろん何も起こらない。検査が終わって昼食だ。今日のメニューは食パン2枚とバターとジャム、タマゴ、牛乳、ぶどう3ケ。昼食としては物足りない。しかし、今こうして食べられるだけでもありがたい事である。手術したら4〜5日はこうして食べる事はできないのである。こうして食べられる事に感謝である。食後にシロップとカプセルを飲む。
　15：20　8階ラウンジでくつろいでいるとナースが血圧と体温測定するという事で部屋にもどる。測定後、再びラウンジにてレポートを書く。手術を前にしての不安のなかではあるが気持ちの整理をすべく気づきを書き残している。今は、寸暇を惜しんで生きている証として感じるところを書きなぐっている。気持ちの整理になり落ちつく。これまでの人生、そして現在、さらにこれからを、切腹前のサムライの心境？　とても比較にはならない内容ではあるが……。これまでに経

第 1 章　転移の緊急電話

験する事のなかった心境がある。まさしく"まな板の鯉"である。なるようになるしかない。命果つるもこれも運命なり。覚悟である。決して厭世にはならぬ。

　入院時の諸注意
　1）入院してから
　①毎日、毎回尿を貯めておく事
　　　備え付けの蓄尿袋に必ず入れる事
　　　尿量、症状、尿糖等を診るため
　②腹式呼吸の練習
　　　大きく深く呼吸をする事
　2）手術前日
　①腸の中を空にする事（2日前から）
　　　カナマイシン（経口抗生物質）とピアーレシロップ（アンモニアの抑制）を飲む事
　②下剤
　　　マグコロールP（14時より）とセンナリド（19時）を飲む事
　　　いずれも2回内服する事
　③水、お茶等は22時までで以後飲まない事
　④身体をきれいにする事
　　　午前中に入浴、洗髪をすませる事
　　　ヘソの掃除、下腹部の除毛（毛を剃る事）
　⑤昼過ぎに中心静脈カテーテルを頸部挿入し点滴を始める
　⑥食事は昼食までで終わり
　⑦水分も22時以降は飲まない事（胃腸内を空っぽにするため）
　3）手術当日
　①朝洗面、ヒゲ剃りの事（6時〜7時の間）
　　　排便、出たかどうか下剤が効いたかどうか

②手術室への出発前（8時から手術予定）
　手術着に着替え、圧迫ストッキング着用の事
　また、排尿もすませておく
　（車椅子にて移動する。8階の821号室から4階の手術室へ）

6月10日㈫

　06：00　N病院内8階ラウンジ（ただ1人、他に誰もいない）。東京は今日も曇天だ。梅雨入りして毎日こういう日が続く。ゆううつな毎日である。関東各地は大雨のようである。ビルの中に濃い緑が目につき、ホッと心安らぐ景色がある。

　いよいよ明日が手術となった。朝一番8時頃から約12時間かかるという。大変な手術作業である。1日労働を超えて、4時間の残業となる。東京～パリ間の飛行時間と同じ時間となる。凄い事である。本人もさる事ながら、手術にかかわる人達も人の命をかけての大変な作業である。命を左右する大仕事を担当する人達だ。今はただ、お願いするしかない。"命預けます"の心境である。ただ、今は手術の成功を心から祈るしかない。祈るばかりである。"いざ、勝負だ"。"一本"目指して気力、体力で挑戦である。71年6ヶ月の集大成である。M先生、MY先生、H先生、MT先生他の先生方、看護婦の皆さんにお願いするしかない。"よろしくお願いします"。

　しかし"何でこうなったの"。縁がないと思っていた"ガン"に。定年してから眼科や耳（聴力）での病院通いが増え、ついに市の健康診断の結果、市内のK病院での内視鏡検査によるポリープの発覚が全ての始まりであった。4年前の2010年秋から春にかけてこの対応に奔走したのであった。外科手術を覚悟していたがセカンドオピニオンという方法で東京のあるクリニックのK先生に診てもらい、内視鏡検査そして切除をやってもらう事にしたのであった。親切に処置して頂き安心しきっていたのであるが、一部残っていたという事で数ヶ月後、

第 1 章　転移の緊急電話

再び切除しM病院に入院したのであった。以降３ヶ月検診、半年検診を終えて問題ないと思っていたが、４月の半年後検診で大腸さらに肝臓にも転移しているという大変な事態になり、K先生の紹介で都内のM先生にお世話になる事になったのである。主戦場がN病院に移ったのである。５月は週に２～３回、各種検査に通うハメになり、結局６月11日に手術が決定し８日の日曜日に入院したのである。

　これ以前の昨年に引き続いての今夏のドイツ（エルツ他）への「仮屋茂の柔道セミナー」はヘッセン州の夏休みが早くみんながバカンスに出掛けるため、中止とした。代ってフランスに行く計画を立てたのであった。ジャック（Jacques）とは、この30年間の交流を我々が元気なうちにもっと意義ある形に、この貴重な営みをもっと付加価値のあるものにすべきであると痛感し、たまたまジャック（Jacques）が３段の昇段試験を日本で受験したいという事が契機となり、いっしょに約１ヶ月のフランスの旅を具体化しジャックがスケジュールを立てている最中の事であった。

　したがって手術するなら早い方がいい。１ヶ月静養し体力をつければ問題はないし、安心して行けると踏んでいたのである。しかしこれは難しい状況に追い込まれていったのである。K先生からもその旨、M先生にもこの進言が伝わりそれを考慮していただいたようであるが事態が深刻、大きいため"今は、命永らえる事を優先すべき"と言われ、素直に従う事にした。ジャック（Jacques）も残念がり、迷惑をかける結果となってしまった。また、ディディアファミリー（Didier Family）も"会えるのを楽しみにしていたのに残念である。元気になって早いうちにまた、会える事を願っている"というメールが６月７日に入った。天国から地獄に落ちたような事態が起りこの運命を恨んだが、仕方のない事、素直にこの流れを受け止めるしかない。今はこの目前の事態に真正面から立ち向かい「真剣勝負」するしかない。何もかも全て天にまかせる心境である。"勝負は時の運"。

各種の活動をすべてキャンセルし、まさしくこの約１ヶ月、鹿嶋に仮屋茂は存在しない状況をつくる事になった。この事は地球上にその存在がなくなっても何か変る訳でもないし、やがては来るであろうその時のシミュレーションにもなる。この１ヶ月は物事、生き方、人生を考える独特な１ヶ月となるのである。直前、波野児童クラブの３人の先生の退職問題がやっと決着し、６月からの運営がソフトランディングしてホッとひと息ついたところであった。また、各児童クラブの指導員の補充の夏休み対策もでき上がり、この面では心残りなく東京に来る事ができたのであった。
　その他の活動にもみんなの協力を得て休止できたのである。しかしこれからはもっと本格的な活動に位置づけ、盛り上げたいと思っていた矢先の事、非常に残念である。
　この事態は子どもたちには伝えているが兄や妹たちにはまったく知らせていない。余計な心配をかける訳にはいかないし、ある程度メドが立ち元気に回復したら連絡はしたいと考えている。人生いろんな事があるがこの事態、我が身の事、自己責任なので納得もできる。これも我が身でよかった。不幸はこの我が身で全て受けるという「責任と覚悟」の人生であった。悔いはなし、まさしく"マナ板のコイ"の心境なり。"切腹"への"イザ出陣"だ。嵐の前の静けさの沈着冷静なのか。「自己責任のもと自助努力で自己実現」という我が人生の小さな物語がここにあった。
　14：00　右首に点滴用の管を入れた。いっぺんに首の自由が効かなくなり不自由となった。バンソウコウでバッチリ固定されたので首が自由に動かされない。肩が凝ってくる。
　大変だ！　これが正しく装着されているかを１階のレントゲン室へ行って検査してきた。
　大丈夫という事であるがホントかな？
　午後、孫の励くんとお母さんそして阿部のおばあちゃんが見舞いに

第1章　転移の緊急電話

来てくれた（本の差入れが２冊あり）。

19：10　Ｈ先生から明日の手術についての説明があって、長男（力）と妻が立ち合う。

肝臓はＨ先生、大腸はＭＹ先生が担当する。

肝臓の手術が先で、これが終了してから大腸の方に移っていくという。大手術になる。１日の労働時間より長い残業になるのである。明日８時に出発し８時30分には手術の予定である。

下剤も飲み終えた。どんどん出てた。お腹はきっと空っぽである。

いよいよ明日は本番だ。決戦だ、"ガンバレ"

21：20　明日に備えて"お休み"Good luck！　Have a happy day！

６月11日(水)

01：00　トイレのため目がさめた。

点滴が終了していたのでナースセンターに伝え交換してもらう。

"さあ、今日が手術日だ"。"切腹日だ！"

負けるな！　本番だ！　戦闘開始だ！

手術当日の朝。よく寝た。眠れた。

東京の今日の天気は、雨は降っていない。霧模様である。明るいのでいい天気になりそうである。

洗面して今、ラウンジにいる。とうとう来たな！　手術当日となった。"何で、こんな目に？""何の報いでこんな事に？""どんな悪い事をしたというんだ"とも思うが、やっぱり因果応報なのであろう。素直に受け入れるしかない。

10～12時間の大手術となる。まさしく闘いだ。

本人は麻酔が効いているが、ドクターやナース、他の関係者は大変な事であろう。命のやりとりをやるのであるから。神がかりの１日となるのである。いざ切り開いてみないと正確にはわからないところもあるであろう。何が起こるかわからないという事もある。また、手術

している間にも予期せぬ事態の発生もあり得る事である。ドクターの手術の仕方にも失敗がないとは？　しかし後は全て神の手に委ねるしかない。信用する事である。天に任せるしかない。

　人生の一大事、決戦である。

　成功をただ、ただ、祈るのみである。

「中学校の同窓会」

　2014年3月24日㈪　土橋中学校昭和33年度卒業生同窓会が急ごしらえで実現した。

　これは長兄の一周忌に九州小倉まで行った際、せっかくここまで来たので鹿児島の実家まで足を延ばし墓参りすることにした。しかし2泊3日の旅程で駆け足の内容であった。懐かしい久しぶりの故郷となったので、せめてごく近い者にだけはひと声かけようとMくんに、こういう理由で急に帰ることにした。変わりなく元気かい？　もし都合がつくなら（2泊目は予定が入っているので）1泊目に会えればと思っている旨電話していた。ところがすぐに同級生の仲間に緊急連絡を取ったところ数名集ったから急ごしらえの「同窓会」をすることにした、というのである。この早ワザに驚き感謝しながら出席した。ところが何と18人ものメンバーが揃い懐しい話に花が咲いた。仲間の心づかいに想定外の楽しいひとときを過ごすことができたのであった。

　しかしこのような事は通常あり得ない事であり、ふり返って見るとこれはやはり自分のこのガン発症がしでかした奇遇であったのではと神がかり的な今回のでき事に驚き"やはり最後の出合いを天が段取りし仕組んでくれたものだ"とこの奇遇に感謝している。よくこのような事態は人智で及ばない不思議なものがあると言われる。人生の歩みのなかでも特にかけがえのないこの年代でのこれら仲間との想いはいつも心の大きな支えであった。いつもの"愛郷無限"の想いは極限となった。

25

第2章

病室からの脱出

第2章　病室からの脱出

―手術後の流れ―
①ICU（集中治療室）に移動
②鼻の中から胃の中へ経鼻胃管カテーテル
③腹に数本のドレーン管取付
④手術の直前に背中から入れた硬腹外麻酔の細かいカテーテルが入っている。痛み止め薬が24時間持続されている
⑤酸素マスクをしている
⑥フートポンプが作動している
⑦手首には動脈ライン、指には血中酸素、首には飽和濃度を計るセンサー、胸には心電図のコードがシールで止めてある
　4～6時間ごとに血糖値を計りインスリンを注射する事もある
※手術後1週間前後で正常に戻るという

―肝切除の手術―
①経鼻管のカテーテルを抜く　※少し水分を取ってみる
②痰が自身で出せて肺機能が大分回復できていれば、酸素マスクは外す
③創の診察　手術の創のチェック
　消毒し、お腹のドレーン管の液を検査して胆汁の漏れがないかをチェックする
④座わる練習をする
　ベッドのリクライニングを起して、頭を心臓より高くする練習をしさらに座ってみる。できればさらにベッドから離れて立ち上がってみる

6月19日(木)

　17：30　息子、次男の祟が見舞いに来てくれた。今日も良いお天気であった。
　こうして順調に快方に向かっている。ありがたい事である。午後一

番に手術後初めて洗髪してもらった。気分スッキリである。ナースがこういう事もやってくれるとは意外であった。うれしい。

未だ頭がくらくらしている感じがする。目に力が入らない。ボケている。

昨日から大便の排出もようやく始まった。ヤレヤレというところである。身体中についていた諸々の機器が日毎に取り外されていく。

今、残り4本のドレーン管のみとなった。

2階のフロアーをグルリと歩いてきた。

家内が3日に1度洗濯しに来てくれる。家での手紙や電話の事などの情報も細かく伝達される。いろいろあるが特に大きな問題の情報は今のところなし。

6月20日(金)

ベッドの移動、821号室から822号室へ。

手術前と手術後のしばらくの間は廊下側のベッドであったが、術後快方に向かってくると本を読んだり、書いたりが多くなるため、ベッドは窓側の明るい方が便利である。移動をナースに申し入れていたが、昼前に婦長の許可、指示で822号室の窓側のベッドに移動できた。明るい。とても明るい。廊下側とは比較にならない。また、携帯ラジオの電波も入り易くて助かる。気分もいっぺんに明るくなる。快適である。

体調の方はもちろん未だ痛みがあり、これをカバーするために身体が委縮している。自由に動かす事ができないので不自由である。また、大便の方の排せつが少なく、思うようにいかない。尿の方は問題なし。今朝の体重測定で61.5kgと少し減った。減りすぎまでではないが利尿剤を3錠から2錠に減らした。

今日も暑そうである。渋谷のビル街の眺望も後1週間ぐらいになるのかな?

第2章　病室からの脱出

6月21日(土)

　昨日今日と大便が出ない。痛み止め薬が影響しているのかもしれない。しかしこの痛みは例えば手の切り傷のようにビリビリヒリヒリ痛むという感じはない。いつもドクターやナースが"痛みますか？"と聞くが、そういう痛みは今は感じないのである。傷部が締め付けられるような重い圧迫感があり、この症状が出てくると苦しくなり、疲れがドッと出てくる。したがってこの痛み止めの薬を飲むしかないのである。

　手術後には、毎食後飲んで、もし、これ以外でも痛みが出たら、遠慮なくナースに言って別の痛み止めの薬を飲んでもいいと言われている。術後しばらくは夜中そういう事が起きていた。

　1日3回の食後（朝食後を基準に8時間毎）に飲むようになっている。極力回数を減らす方が良いとは思っているが今のところ未だそうはいかない。状況を見極めながら少しずつ減らす努力をしていく。きつい時には4時間毎に服用している。

　14：48　8階ラウンジにて。歩行トレーニング中にひと休みしているところ身体がかなりラクになってきた。術後で一番良好に感じる。あれだけの大手術である。やはり身体に力が湧いてこない。そして術部をかばって身体全体が委縮し、硬直して動きが悪いのである。腰をかがめて猫背気味になっているのである。しかし今日は、これまでになくこれらが軽くなってラクに感じる。歩くスピードもこれまでとちがって早くなってきた。回復が順調にきている証拠であろう。ありがたい。窓からのビル街、街並みを眺めている。空は白い雲に覆われているが雨はない。気分もいい。関東地方は大雨警報が出ているが東京は今のところその気配は見られない。群馬県は大雨で大変な状況のようである。

顔のヒゲが伸び放題である。こんなに伸びたのは初めてである。これもひとつの"行"と自覚してやっているのである。経験した事のない世界である、自分を見つめる、人生を考える機会にし、徹底的に追い込んで真剣に生きる事を考える天が与えた厳しい試練、"修行"ととらえたのである。

　生死を見る。考える。そしてそこには平常時に考えられない、見る事のできない世界があった。これまでにない責任と覚悟が生まれてきたのであった。今、こうして甦ったのである。"地獄からの帰還"である。ホントにうれしい、ありがたい事である。全てに感謝である。いつもと感謝の念の重さがちがう。

　しかし、終わってみると予想以上の大手術であったのである。甘く考えていた。すぐに退院して元の生活に戻れるものと思っていたが、実際は予想に反して過酷なものであった。10時間という長時間の大手術は、本人は全身麻酔が効いていてまったく覚えていない事であるが、ドクター、ナースの皆さん方はこの大仕事にさぞかしご苦労であったと思う。また、待機している身内の者の心情はとても心労が大きく長い1日であった事であろう。手術室から、集中治療室に移動して2泊3日は幻覚の中で、まるで地獄の世界であった。現実と夢の世界をさまよい歩いている感じであった。全身が緊張状態で息をするのも大変な状況であった。このまま逝ってしまうのではとも思ったほどであった。夢とも現実ともつかぬ幻覚の世界があった。ベッドの上で、痛み止めが効かなくなってくると、全身に冷や汗が出てきて息苦しくなり、もうろうとして、このまま息が止まってしまい安楽の世界に落ちていくのではという錯覚が起こってくるのである。"苦しい"、"辛い"、"きつい"、"しんどい"、でも、ガマンし、今はこれを全力で耐え抜き乗り越えるしかないと強く意識した。くたばるわけにはいかなかった。しかし、こういう状況の中で手術翌日から歩行リハビリが始まったのであった。甦る一歩が始まったのである。生きるための活動が始まっ

第2章　病室からの脱出

　たのである。苦しく、辛いが、スポーツマンであり柔道家だ。むしろ動ける事への喜びが先に立った。未だ意識は完全ではないが歩く事ができたのである。まず再生への一歩は成功を物語るもの、無条件にうれしく思った。一歩一歩踏みしめながらのリハビリのスタートはまた、格別の感慨があったのである。

　身体中に装着された各種器具、背中からの痛み止め点滴、栄養補給点滴、鼻から胃に挿入された管、また、鼻からの酸素補給器、大小便排出のバイパス管、お腹から数本のドレーン管。まさしく生還するための重装備である。戦いに行く侍のヨロイ同様である。それぞれが甦るための命綱である。痛みや、苦しさから無意識のうちにこれを取り外す患者もあるとか、命が惜しくば絶対にしないよう注意を受けていた、もちろんする訳はない。

　これら装備品他の身体状況は全てナースによって即座にPCにインプットされ、集中管理され安全が確保されているのである。

　10時間におよぶ大腸と肝臓のガン切除開腹手術は、縦方向に約35cm、横方向に約30cm痛々しい傷跡が残っている、はげしい戦いの傷跡である。"凄い"、"よくやったものだ"としみじみ思う。もちろん咳払いやクシャミなど厳禁である。大きな声も出せないのである。

　身体中に取り付けられた諸々の器具は快方に向かうごとに取り外されていくのである。したがって１つ１つ取り外される毎に快方に向かっているという実感があり、その都度その喜びはたとえようがないものとなる。

　生き帰ったのである。とにかくこうして書く事もできるようになったのである。眼にも力が入らなくてとても書く気にもなれなかったのに。精神的にも安堵感が増し何事にも意欲的になってきたのである。驚くほどの回復ぶりである。ドクターやナースはまさに神様と仏様である。心から感謝するのみである。

6月22日㈰　回復、復活そしてこれから

　とにかく1日も早く快復する事、脱却する事、復活する事である。なったものは仕方のない事。そして今できる事はこの事態をより良く生かす事である。自分のこれまでの人生を振り返るいい機会だ。"これまで"と"現在"そして"これから"を。自分をじっくり見つめる事だ。死を目前にした非日常の世界はこれまでの物の見方、考え方に変化が起こるべきである。「死生観」、こういう事はこれまで特別に考える事はなかった。定年して古稀を迎えると自然にそれなりの考え方、行動の仕方は変わっては来ているが、このガンとの対峙は衝撃的で、決定的なものになった。身の振り方や身辺整理のあり方まで考えが及ぶようになって来て、そういう中でのこのガンとの闘いは、絶望でもあり自刃も考える事も選択肢の1つで、自然の流れでもある。こんな身体で生き延び、生き長らえる姿は考えたくもないのである。"人生とは重き荷物を背負って歩くが如し"のようにけっして平坦な道のりではなかった。愚直で不器用な生き方は要らぬ苦労や遠回りをした辛苦と忍従の世界であった。しかし耐え忍んできた人生は家族を養い子どもたちもそれぞれ自立し、定年を迎える事ができたのであって、以降自分の意図する自由で好きな生き方をしている。何の不足もない。したがって"この世に生を受けて成すべき事は果たせた"という想いがあり、状況によってはこの身にいつ何が起こっても、という覚悟はできているつもりである。したがって、気持ち次第ではその状況に必要な決断はいつでもできる心づもりも準備できているつもりである。"このまま逝ってしまっても"とその方法はいろんな形があるであろうが……。

　しかし、こうして定年を過ぎ古稀を越えた我が人生を考えると、決まってその根源は少年の頃の純真な生き方、思いが蘇ってくるのである。今あるこの人生はあの幼い時の暮らしと生き方の教えがあっての

第2章　病室からの脱出

ものといつも想う。敗戦時の貧乏の中で家族の必死の生き方はその後の自分の人生のベース、エネルギー源となっているのである。「ウソをつくな」、「弱い子をイジメるな」、「負けるな」、「何処で何をしようともお天道様はお見通しなのだぞ」の教えが我が人生のバックボーンとなったのである。以後まさしく"十有五にして学に志し"、"三十にして立ち"、"四十にして惑わず"、"五十にして天命を知り"、"六十にして耳順い"、"七十にして心の欲する所にしたがひて矩を踰えず"（論語　孔子）の道のりをつくったのである。

　常に新しい物の見方、考え方のもとに常に問題意識を持って立ちはだかる困難に向かっていく気概が"チェスト行け"の薩摩魂となって支えてくれたように思う。幾多の困難を迎える毎に"泣こうかい、飛ぼうかい、泣くよかひっ飛べ"の薩摩魂が示現流ならぬ自分の力で努力、実現する「自分流」となり結局は"自己責任のもと、自助努力で自己実現をはかる"という生き方につながり、独立独歩の自現流の我が道がつくられたように思う。企業戦士の実業柔道から、柔道指導者という世界が我が人生を一変させ、新しい人生観が生まれ出て、以後の人生を左右する羽目になったのである。「指導者」、「先生」という立場が難行苦行の人生修行の場と化し逃げられない重き荷物を背負い、学びの戦の場となっていったのであった。しかしその難行苦行の修行の場は自分を高めるかけがえのない人生舞台となっていったのであった。

　今、その舞台が人生の花を開き、大きな実をつける環境になりつつあるのである。柔道による人づくり、人間教育の具現化としての「青少年育成活動」「子育てしつけ教育支援活動」としてのクラブ運営、幼稚園での柔道授業、中学必修化柔道、長い国際交流活動によるヨーロッパ各国への柔道の「心」を伝えるセミナー活動等々、地域から世界に広がるとても大きな重要な活動となってきているのである。これらを形のあるものに仕上げて残す事が自分の人生の総仕上げ、総決算

と位置付けこれに全生命を賭ける覚悟である。この尽きない想いがある限りはこれまでと今の歩みを止める訳にはいかないのである。くたばる訳にはいかないという強い欲求がある。したがって負ける訳にはいかないのである。何としてもこの"ガン"

ドイツSG-Nied柔道クラブでの指導中（フランクフルト）

との闘いに勝利しなければならないという強い信念がある。みんなが待ってくれているのだから死と二人三脚しながらでもやり抜かなければならないのだ。"行かねばならぬ"

　07：55　今日は曇天、小雨が降っている。今、歩行リハビリでラウンジに寄ったところ。途中、体重測定する事。そしてナースに報告する事が義務付けられている。(61.7kg)（体重測定器のところまで歩行して各自測定し、ナースにその結果を報告する事は必ず歩行リハビリをするようにとの親心なのであろう。）

　今朝は昨日とちがって体調がすぐれない。昨日が良すぎたのか、今日は打って変わって思わしくないのである。昨夜体調が良いので、痛み止め薬の服用方法を少し変えたのが良くなかったようである。だるく、目がかすみ、頭もクラクラする。力が入らない。食欲も失せている。食事時間になれど食べる気がしない。痛み止め薬は1日3回が規定で、どうしてもたまらない場合はナースに言って特別な薬を飲んでいる。痛い時はガマンしないで言って下さいと言われていた。たとえば1回減らしてもすぐに変調は起きないのであるが、しかしガマンした分だけ身体全体に疲労感がつのりぐったりしてしまいその回復に相当のエネルギーを使うようである。

　今は早い回復をあせって無理しない方がいいとつくづく思った。身体全体が反応して全身に汗をかいてくるのである。身体自身が本能的

35

第2章　病室からの脱出

に自然に正しく反応している証拠なのであろう。本人でしかわからない現象であるので、無理せずあせらずにやっていこう。本人の意識とは別に、身体の機能の防衛本能が正しく作動している証拠なのであろう。ここで、これに無理をし逆らったら諸機能がバランスを崩し変調を起こし余計な作用となるのであろう。"あせるな"、"ムリをするな"、"あわてるな"、"今は、この身体をいたわる事だ"、"時と場所をわきまえろ"で自重する事だ。

　昼食をベッドで外を見ながら食べていると、突然、涙が湧れ出してきて止まらない。

　何で？　どうした？　丁度NHKラジオのノド自慢大会で"お袋さん"の歌が流れていた。この歌詞に心揺さぶられて止めどもなく涙が流れ出ていた。小雨の渋谷街を眺望しながら今の自分の置かれている心情におおいかぶさるメロディがやさしく慰労してくれたのであった（疾患の現実、お袋は何と言うだろう？）。

13：40　曇天なり

　（体温36°1'、血圧127）

　昼食後のカプセルを飲んで、ひと眠りしていたらやっと落ち着いてきた。

　大腸手術担当のMY先生が往診に見えた。少し顔が黄色く見えるが黄だんの症状が出ている訳ではないので大丈夫。順調に快方に向かっていると言われた。

　こうして合併症や感染症、その他の異変はなく、また、発熱する事もなく順調である。未だ、1週間はかかるようである。しかし、今は、あわてずあせらず養生に専念する事だ。

　術後3週間から場合によっては6月末まで退院は望めないかもしれない。

　息子、力は凄い。今、ハンガリー柔道グランドスラムブダペスト大会で講道館、上村館長のお供をしている（6月20〜25日）。とても重

要な役割をしている。大変な重荷、重責であるが、しっかり頑張ってほしいものである。教え子の1人として柔道生誕の地、"聖地"の講道館の国際部の職員として道場での指導員も兼務しながら、本務の国際柔道関係の一切の窓口業務をこなしているのである。わが息子ながら凄い事、すばらしい事である。親父としてこんなうれしい事はない。頼もしい限りで、大きな誇りである。無事に大役を果たしてほしいと願うばかりである。

14：12　歯みがきしてトイレを済ませ歩きのリハビリに出掛けようと思ったが、頭が重くフラフラするので中止。残念。復活へのためのリハビリその他ためになる事なら何でも挑戦したい強い気持、意欲はあるのであるが、さすがに今日はムリであった。

15：07　8階ラウンジにて。午前中は調子がすぐれず。歩行リハビリで8階フロアーを歩いてきた。途中、体重測定。62.4kg。体重も元へ戻ってきた。

したがって、毎食事前に薬飲んで食事をおいしく食べて夜中にもう1回服用するというやり方が一番ラクに過ごす流れのようである。今、あまり無理をしない事である。

17：37　未だ夕食は来ない。今日は痛み？　苦しみはさほどない。ラクであった。これでペースがつかめ、順調に進行してくれるとありがたい。希望が持てる。

渋谷のビル街の夕方の眺望。雨が上ってきたが、雲が一面広がっている。下に見える病院の前庭にも人影は少ない。夕方からこれまでの浴衣1枚に下着のシャツを着た。刻一刻と時は過ぎていく。ゆっくりとそして確実に。10時間の大手術を無事乗り越えて今がある。そしてやがて快復して諸活動に復帰する日が来るのである。

今回の肝臓と大腸のガン切除手術は、これで終わりではないであろう。こうして転移した事実は再び発生しないという保証は何もないのである。次の闘いもある事を覚悟するしかない。もちろん、なければ

第2章　病室からの脱出

それに越した事はないのであるが、まったく予想しなかった今回の転移である。当然、次もあり得る事である。しかしこの今回の非日常への誘いは、いろいろな気づき、発見、学びの学習があった。

　これまでの人生から、また、新しい旅立ちとなった。1人旅となった。出家のひとつの形でもあった。死への旅。いつかは誰にでも等しく来るものである。早いか遅いかのちがいで……。

　"人は独りで生きてきて、独りで死んでいくのである。"

　21：50　8階フロアーを歩行リハビリで2周してきた。疲れたが、痛み、苦しみは出てこなかった。だいぶ、落ち着いてきたように思う。服用の間隔内でも苦しさを感じなくなった。あわてず、あせらずにリハビリに取り組み、時が経つと自然と回復していくのであろう。それが自覚できるようになってきた。結局、これも戦いだ。

　自己責任のもと、自助努力で、自己実現をはかる事である。快復への強い意欲と一歩前への挑戦の気持が大事である。子どもたちが待っている諸活動がいやが上にも、意欲をかき立ててくれる。甦ったこの命、最大限に生かさなくては。

6月23日(月)　手術と言う現実

　歩行トレーニングで8階のフロアーを1周してきた。今日もいい天気だ。暑くなりそうだ。昨夜痛み止めカプセルを飲んでからすでに7時間半経過して苦しいはずである。しかし少しきつく感じるが、歩行リハビリはやれた。だるい。力が入らない。という不満はあるが、徐々に快方に向かっているという実感がある。ある程度のガマン、しんぼうは仕方がない。努力する事だ。1日3回、8時間毎のカプセル飲みも、そのうちに回数を減らす事もできるであろう。しばらくはこの苦しさ、辛さとも仲良くつき合っていくしかない。

　今回の入院手術は、当然ながら"イザ"という事態も想定してきたのであった。よく聞くように手術中に異変が起こったり、また、合併

症や感染症、心筋梗塞などの突然死もあり得る事である。当然ながら医療ミスも起こり得る事である。したがって死に直面する事態も体験した事となったのである。死を覚悟したのであった。

　手術中の麻酔が切れて集中治療室に入ってからの1晩は幻覚症状が出て地獄を見る思いもした。先に逝った長兄と親父、お袋が出てきて、"何で来た、まだお前は早い"と追い返されたのであった。苦しさの中"よく来たね"と迎えてくれたら、そのまま向こうに行ってしまったかもしれない。今、安住の地に安らかにいたのかもしれない。しかし、幸か不幸か？　もちろんありがたい事に、こうして生きているのだ。ホントにありがたい事である。こうしてこの前後の事をふり返って見ると不思議に思う事が数々ある。

　昨年夏のドイツ、エルツへの柔道セミナーの1人旅は大成功であった。これまでにない充実感があり、将来の大きな仕事への布石となったのであった。そして、この夏その基礎固めにと計画していた頃、エルツの今年の夏休みは早くなり、スケジュールが合わなくなったとの理由で中止となった。しかしその代わりにフランスでのセミナーを計画しジャックや他の仲間が心待ちにしてくれていたのであったが、この大手術により中止となり残念でならなかった。

　いつまで生かされ、生きられるかわからないが、新しい朝を迎える事ができ、意味ある1日の1ページを積み重ねられる喜びを感じながら生きられる"幸せ"を全うしたいものである。

　これまでの自分の人生の歩みの集大成として取り組んでいる諸活動も、この事態を考えて各種取り組みも考え直さなければならない。スポーツ活動、柔道の事、コミュニティ活動、国際交流、青少年育成や創年活動の事等の仕上げを急がなければならない。手が離れても何らかの形で引き継がれいっそう充実、拡大、発展していく事を強く願うばかりである。

　11：00　8階ラウンジ　今日も雲はあるが良い天気である。2回目

第2章　病室からの脱出

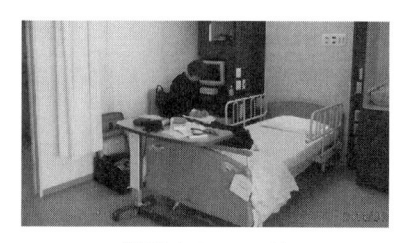

闘病中のベッド

の歩行リハビリ実施。朝6時の時より。ずっとラクであった。痛み止めが良く効いている時は快調である。気分も良い。残り3本のドレーンが取り外されれば、元の自分の身体にもどれる。もう少しだ。人間の力は凄い。回復する力は驚きである。医療の進歩は目覚しいものがあるが、人間本来の自然治癒も凄いものがある。毎日、朝昼夜とパソコンで体温、血圧、血液など一元管理してコントロールするのである。安心である。

16：35　雲が多いが天気は良い。暑い。症状は午前中より少し悪い。午後はもっと良くなるものと期待していたが、疲れのためか思ったほどでない。良かったり悪かったりの繰り返しだ。

17：55　ベッドの上。頭が重い。熱がある訳ではないが、クラクラする感じである。

朝方、頑張った分、疲れが出たようである。

20：23　夕食後の痛み止め薬を約1時間、遅れて飲み、また、夜中2時頃にナースを呼んで飲む事にした。この時胸部のガーゼの状態も検査するという。ガーゼが汚れていたら交換するのである。夜は、気分もラクになってきた。未だ、ドレーン管が身体に着いたままなので自由が効かず、本能的に保護する意識と動きがあるので、動きが悪い。したがって身体全体の動きが不十分なので体調はすぐれないのである。

後1週間、月末までに退院できるのかな？

6月24日㈫　ヒゲと人生

06：40　東京渋谷区にある病院の8階ラウンジ、今日も曇天である。しかし、明るい。入院して16日目となる。経過は順調である。合併症、

感染症その他脳卒中、心筋梗塞などまったく出なかった。体温、血圧も大きな変動はなく手術は成功であった。

顔のヒゲがずいぶん伸びてきた。こうまで伸ばしたのは初めてである。この非日常の事態を認識、自覚するために伸び放題にしている。このぶ様なかっこうを目に焼き付けて、己を追い込んでいるのである。病気のどん底を徹底的に味わうためである。生と死の苦悩の表現である。いつもあってはならない非日常の世界である。貴重な世界なのである。

あせらず、あわてず、根気よく、治療していくしかない。命がけの大手術が成功したのであるから、術後の快復のための方策、努力は当たり前の事である。頑張るしかない。

病院は完全看護のため、家族が付き添う必要はまったくない。この面での家族の負担はないのである。独りでの闘いである。

時間はたっぷりある。生か死に追い込まれた身として、いろいろ思考、思索するには、絶好の機会である。この非日常の異常な世界の己自身をよく見極める事である。

そして自分のこれまでの人生と現在、そしてこれからを考えるのにはいい機会になった。生きる事、死ぬ事を考えるにいい機会にもなり、生きる事、生きられる事のありがたさを改めて身にしみて感じ入る事となった。生きる覚悟も死ぬ覚悟もできたのである。

こうして、今ある人生を考え、書き残す事にした。まさしく、遺書である。今の自分を考え見直すものとなった。人生の「整理整頓学」ともなった。

20：20　8階ラウンジにて。8階フロアーを歩行リハビリ。1周してきた。

H先生、M先生が往診に見えて残り1本のドレーンが取れたらいよいよ退院ですと言う。それで体調、痛み、歩行、いかがか、と聞く。もし、今、最後の1本のドレーンが取り外されたら退院というのはう

第2章　病室からの脱出

れしい事であるが、しかし、非常に不安である。退院して帰れるのはいいが、しかし体内のドレーンを完全に出し切っているのか、家に帰ってからドレーンが体内に溜ってきて、また、病院に戻るハメになっては大変という不安が強い。この週末には帰れそうであるというが残り1本のドレーンが取れても、不安が残り、心配である。早く退院して帰りたいのは山々であるが、おかしな心境である。未だに残り1本のドレーン管が身体に着いている。まだ歩行用のポール付きなのである。したがってこの歩行用ポール付きの台車が外されても自由に動き、歩く事には不安がある。

　もし今日ドレーンが止まり、外すから明日退院しろと言われても正直困る状況である。

6月25日㈬　他言は無用

　16：50　8階のラウンジにて。東京は雨、渋谷街のビルが雨に煙っている。今回の入院、手術は2～3週間ぐらいで帰れると思って関係者には『他言は無用』と伝え、ほんの身近で重要な関係者のみに伝えてきたのであるが、またたく間に伝わり広がっていったようである。自分の今のこの弱みを見せる事でいろんな関係で悪い影響を及ぼす事も多いのである。多くの関係者に要らぬ動揺を与え仕事に悪い影響が出て来る事が心配であった。また、人生は戦いである。他人の不幸を、手をたたいて喜ぶ奴もいるであろう。敵に決して弱み、弱点を見せてはならないのである。この事は後に取り返しのつかない決定的な事態になる事もある。防ぎようもない、仕方のない事であるが、我が身から出た事であるも最小限とする事である。人生転ぶ事、つまずく事があるのが常である。"転んでもただでは起きぬ"柔道の受け身技で乗り切るしかない。受け身とは負ける練習なれど、この"ガン"野郎にだけは負ける訳にはいかない。戦い抜くのみ。"この受身で損傷を最小限に食い止めるのだ。"

しかしよくぞここまで快方に向ってくれたものよと思う。"ありがとう""感謝である"。
　ごく当たり前の事なのかも知れないがしかし命は1つである。もし万が一の事態でも起っていたら今頃こんなかっこうはしていないであろう。まさに当事者でないとわからないこの心境である。入院前の5月からの毎週のような各種検査にはホトホトまいってしまった。"どこも悪くないのに……""どこも痛くない""体調もまったく異常はない"。だから検査は仕方がない。したがって結果はたいした事はないものと思い込んでいた。しかしその結果は予想外のもの入院手術への道をまっしぐらとなってしまったのであった。
　医療医学の進歩した今、この結果には疑う余地はなく覚悟するしかない。従うしかなかった。実際、手術してからのしんどさ辛さ苦しさそして不自由さからくるストレスは大変なものであった。もともとジッとして居られない性質、身体を動かすとか本を読み、書き物をするとかの何かをしていないと大きな損をしているような気がしてならない。手術の切り口が"ズッキン、ズッキン"痛むとかは、不思議となかった。
　ドクターやナースが"痛みますか？"と聞いてもその痛さはないもののお腹が重苦しく呼吸が浅くなり冷や汗をかいてくる苦しみなのである。
　日夜この苦しさをやわらげるための痛み止めの薬を服用して次第に軽くなり順調に快方に向っているのである。手術後の1週間はこれら苦しみ辛さの上に時折幻覚症状も出てきて異常な事態もあった。まさしく"九死に一生"であった。"甦って"きたのである。闘い抜いてきたのである。"再生""再起"である。"地獄からの帰還である"
　"ありがたい事、うれしい事この上なし"
　"一刻も早く退院して日常活動を"と痛みを忘れて次を考える日々となって来ている。

第2章　病室からの脱出

20：40　歩行トレーニングでフロアーを1周してきた。14時にカプセルを飲んで6時間30分経過。そろそろ痛み止めが切れる頃である。これをカバーする目的で歩行トレーニングをしてきた。このように時間が経過してくると、キリキリ痛むという痛さはないのであるが、身体がだるくなり、鈍痛のように感じ、苦しくなるのである。自然と汗をかいてくる。防衛本能に薬効が切れている事を知らせているのである。痛み止め薬を止めたいと思うのであるが、こういう現象がある限り、この痛み止め薬に頼るしかないのである。いつになるか検討がつかないが1日も早くこの薬から脱出したい。

6月26日㈭

05：00　昨夜8時30分に飲用。8時間30分経過している。唇が乾く。頭が重い。胸が苦しい。傷口が鈍痛、疲労を感じる。肩が凝っている。目がうつろ。これが、薬効が切れた時の症状である。身体全体に疲労感がいっぱいで、大きなエネルギーの損失にある。これを取り戻すために休養、睡眠が必要となってくる。この繰り返しの戦いである。

08：00　5時に飲んだ薬が効いて今ラクである。
歩行リハビリで1周してきた。歩行訓練も苦にならず快調である。
顔ヒゲもよく伸びてきた。

とにもかくにも、こうして再生、再起、復活、甦ってきたのである。本当にうれしい。ありがたいと思う。これでひとまず"ガン"とは"オサラバ"であろう。乗り切ったのである。

わが71年の人生、それは苦難の道のりであった。しかし全て自分で選んできた道であった。したがって苦労は覚悟の上であった。全てが"修行"であった。柔道の"修行"が即人生の"修業"であったように思う。二者択一の選択肢の中でいつも苦労の方をあえて選択してきたように思う。平凡なサラリーマン生活が保障されているにもかかわらず

それと相反する人生の歩み方をしてきたのである。"媚びず、群れず、ひるまない"生き方は、愚直で不器用な生き方として、その時はいつも損な選択とも思ったが、結局はその道を選択してきていたのである。そこには"自助努力で自己責任のもと自己実現をはかる"という信念があったからだと思う。"逆転の発想"であったのかもしれない。だからこそ投げ出す訳にもいかず、下りる事もできず、背負い続け、闘い続ける運命にしてしまったのであった。しかし、これが全て生きる姿勢となり、いかなるピンチも全て"修業"として学びの場になったのであった。学ぶ事は成長する事という信念と尽きない夢を描く事ができたからである。そこにはいつも限りない子ども大好き、人間大好き、人間愛があったからだと思っている。

　16：15　病院8階、ラウンジにて。今、歩行リハビリで8階フロアーを1周してきた。昨日痛み止め薬4回を3回に挑戦したが、とてもきつい、辛い、しんどい。心身の消耗が思う以上であった。午前中もその疲れが残っていた。今日からまた、4回に戻す事にした。H先生もあまり無理すると悪いからあわてずにゆっくりいきましょうと言ってくれた。良い日、悪い日のサイクルがある。無理して痛みをこらえる事は体力消耗面でも良くない。今、無理する事はない。週末場合によったら帰れるかもしれないという昨日のH先生のことばにいっぺんに元気が出てきて、その気になってしまった。ところが次の日残ったドレーンの1本を昨朝、抜く予定であったがそれができなかった。そして、今朝も未だ取れない事になった。

　1日中、気分が重いのが回復に一番悪い。苦しい。この気分、目もいつもしょぼしょぼしている。生気がない。これが身体の調子を如実に示している。

　顔のヒゲも伸びに伸びた。わずらわしいが退院するまで剃らない事にしている。

　ドクター、ナース他の方々のおかげでここまで回復、生き帰って、

第2章　病室からの脱出

　再生してきた感謝の想いを決して忘れる事はない。このヒゲは今回の悪戦苦闘の姿、ぶざまな姿のシンボルである。地獄からの這いあがり、再起、乗り越えた証拠である。決して忘れる事はできない。この時期になって、何で、またこんな試練をと憎らしく思う。苦しく、険しかった古稀坂をやっと越えたと安心していた矢先であったのに。

　そして、この大手術、人生の試練、もうかんべんしてくれと言いたい。もうこれ以上耐える必要はない。逝くなら逝かしてほしい。という願いも正直なところある。この71年いつも不条理な世界、理不尽な世界を自己責任のもと自助努力で乗りこえ幾多の試練を耐えしのいで、今の人生をつくり上げてきた。"もういいよ"とも言いたい。

　平凡なサラリーマンが決してできる事ではない世界を創り出しそれらを責任と覚悟で守り育ててきた。今回はそれらがいっぺんにまとめて襲ってきたように思う。もちろん、逃げる訳にはいかない。未だ夢と希望がある。やり残しがある。今年1年その集大成の時を意識してきた事はその前兆であったのかとも思う。この一大試練を乗り越えた事は、次への大きな夢、希望、力となった。このヒゲはそのみやげである。決して忘れない、この厳しい、辛かった戦いは苦しい道のりであった。ここまで来れた事全てありがとうの感謝である。感謝のヒゲ、再起のヒゲでもある。再生、再出発、最後の仕上げに自ら決意を表すヒゲである。責任と覚悟のヒゲだ。とても意味のある名誉なヒゲである。この戦いの苦しさを表す、終生忘れられないものである。勲章である。かと言ってこのまま伸ばす訳にはいかぬ。わずらわしい。早くバッサリ剃り落したいのは山々なのである。

6月27日㈮　入院生活19日目、手術後16日目

　04:45　頭が軽い。昨日のような頭が重くボーッとする感じがない。薬を3回から4回にした効果であろうか？　生気が戻ってきたように思う。調子が良くなってきた。"ヨーシ"という感じである。

今日から薬が変わった。
①トラムセット（配合錠）　痛み止め薬　１錠／１回
　３回／１日
②フロセミド錠　利尿剤、毎朝食後　１錠／１回　１回／１日
06：07　８階ラウンジにて原稿書き。（これまでの生き方他）
　病院は４人部屋の822号室。今日も出入りがあった。４人満席である。この部屋の最古参になってしまった。３〜４日毎に入れ替えがある。今、歩行トレーニングを終えたところ。汗ばんできた。ノドが渇くが調子はいい。
　18：25　夕食が終ったところ
　"ごちそうさまでした"　全部おいしくいただいた。
　夕方、小雨が降り出したが、今、止んでいる。
　今日も穏やかな１日であった。
　歩行リハビリも、普通の歩き方、速度に近くなってきた。快復が順調に進んでいるのが実感できる。
　20：10　歩行リハビリを１周してきた。薬を飲む前に行ってきた。薬効が切れても、歩行トレーニングすると気もまぎれる。歩くスピードも出てきて苦にならない。汗ばんでくる。
　歩行に出る直前に、H先生、M先生が往診に見えた、残り１本のドレーンが止まらず、未だ続いていると言う。多い訳ではないが依然として止まっていない。したがって未だ退院のメドは立たないと言う。
　一体どうなっているんだろう？
　不安を抱えながらの１日の終わり。
　"おやすみなさい"

6月28日㈯

06：06　曇天、起床。良く眠った。痛み止め薬、１日４回、６時間間隔で服用。昨日は苦しい思いをする事もなく過ごす事ができた。週

第2章　病室からの脱出

末には退院の可能性もあったのであるが、どうなるのであろうか？ 明日は？　あるいは、30日には？　または8月にズレ込んでしまうのか？　体調の快復状況からすると、もう問題なさそうであるが、肝心の残り1本のドレーンの取り外しができないのである。体調もいいとは言え、1日中ベッドの上での生活である。正常ではない。洗顔、歯みがきして歩行リハビリ。今日も快調、痛むところはまったくなし。

07：26　歩行リハビリで8階フロアーを1周し、さらに1階のフロアーまで下りて、ウォーキングしてきた。未だ声が小さい。大きな声が出ない。カスレ声であり、本来の元気に戻っていない証拠である。

12：47（採血）　今日の昼食もおいしく全部食べた。

渋谷のビル街は小雨模様である。

午前中自分でシャンプーし、身体を温かい布でふいて気分スッキリ。明日はこの長く伸びた顔ヒゲを剃り落として一気に気分転換したいものである。退院の知らせと共に期待しているところである。どうしたんだろう？　もうこんなに元気に回復しているのに、残り1本のドレーンがなかなか止まらないのである。

何か異変が起こっているのではないだろうか？

18：45　夕食を終えたところ。胃薬を飲む。

今日の1日。やがて、また、日が暮れる。

今日もドレーンに変化なし。したがって退院日は未だ予定なし。

6月29日(日)　手術後18日目

06：06　8階ラウンジにて。今、雨が降っている。渋谷のビル街がかすんでいる。今日の東京は雨の夜明けとなった。

気分は良好。身体の調子も今までで1番良い。歩行リハビリで1周してきた。

今日この、このヒゲを剃り落とすぞ！

11：13　ついにヒゲを剃り落とした。我が人生で最高に伸ばした顔

のヒゲ。バッサリ剃り落とした。しかし、カミソリがうまく切れない。ひと苦労であった。ヒゲ爺がいっぺんに若返った。今日の日を待っていたのだ。もし、手術に失敗していたら、今日のこの爽快感は得られなかったのである。"ヤッター"である。非日常の世界からの脱出である。ついにこの日が来たのである。うれしい限りだ。

　後は退院を待つのみ。

　H先生、M先生が来てドレーンの状況を確認。未だドレーンは止まっていない。あせらず、あわてず、もう少し様子見となった。残念。仕方がない。ドレーンが止まらない限り、無視する訳にはいかない。ここであわてると取り返しのつかない事態も予想される。ガマン、しんぼうだ。

　各種計測、体温36°、血圧127、体重60.4kg

　ヒゲを剃り落とし顔がホッソリしている。病み上がりの身。仕方がない。普通ではないのである。地獄からの脱出、地獄からの帰還は、並大抵の道ではなかったのである。厳しい戦いを物語っている。精神的な負担も相当なものとなった。この経験はめったにできるものではない。この地獄、死への恐怖の体験は何ものにも代えがたい貴重なものとなった。自分の生き様、生き方とこれからを考える貴重な機会となり、これまでとちがった気づき、発見、学習があった。この試練、復活は人生のバージョンアップとなった。何もかもが全て新しい感覚が芽生えてきたように思える。新しく生まれ変わった自分が居る。また、そうしなければこれら苦しみ、試練は何だったのか？　生かされないほど悲しい事はない。1日が終われば床に就き安らかに眠るのだ。人の一生も同じようなもの。いろんな人生の苦労があっても、安らかになれるのだ。そこには何もない。人生の"おやすみ"のみがある。

　16：10　渋谷のビル街、雨模様。不安定な天候が続いている。カミナリが発生し、雨風が強くなってきた。今朝のヒゲ剃りは、ヒゲが長く、多いので剃り落とすのに苦労した。1つの労働となったので少し

第2章　病室からの脱出

疲れた。気分は良好。大手術と長い療養生活、さすがに体力消耗は大きいものがある。退院したとしても、すぐにたとえ子どもたちの柔道でも現場に立つ事は難しいであろう。退院してからも、あわてずにゆっくり時間をかけて養生する事である。

しかし、それ以前に、早く退院する事である。

06：10　階下の売店に買い物に行こうとしていたら夕食が来た。夕食後に行く事にした。おいしく食べられた。雨は上がってきた。

今日も1日が終わった。東京の夕暮れである。

6月30日(月)

06：15　東京の今朝は雲が浮かんでいるがいい天候になった。

未だに最後のドレーンの取り外しができない。そのために退院の日の予定が立たない。あせる気が迫る。2週間経った26日頃には退院できるものと予想していたものが延びてしまったのである。逆にこの際、ゆっくり休養を兼ねてと居直っていたのであるが、しかしこんなにズレ込んであわてている始末。正直"何で？""まだ続くのか？"である。しかし考えてみるとこうして大きなまちがいもなくここまで回復している事はありがたい事なのである。再起、再生したのである。無事手術が成功し、ともかく退院も目の前にきているのである。あわてず時を待つ事である。人生の大きな危機を乗り越える事ができたのである。幸運に思う事である。

この年齢になりそれなりに人生の営みを積み上げる事ができ、峠を越した達成感も得る事ができてある種の覚悟ができていた。したがって余生、余命という自覚も当然あった。"もういいか？"というあきらめの気持ちもないでもなかった。日頃から「学生期」「家住期」を過ぎて今、「林住期」即ち「白秋」の世界を生きてやがて来る「遊行期」「玄冬」を迎えて人生の"まとめ"をする時と意識してそれなりに精進してきたつもりである。"明日死ぬかのように生き、永遠に生きる

が如く学ぶ"を信条にしてそれなりにこの時を楽しく学習している。自分のこれまでの生き方は、自分なりにこの世に1つしかないもの誇れるものなのである。それなりに努力、精進し積み上げてきた生き様を何がしか形にして社会貢献できるよう集大成したいという強い思いがあった。道端の石コロのような取るに足らないチッポケな存在でしかないが、生きた証として残したいと念じていた。ただの石コロでも風雪に耐え、踏まれても蹴っ飛ばされても平然として生き存在している。これがこれからを"いかに良く生きるか"の命題なのである。"死んで仏に成るはいらぬ事　生きているうちに良き人となれ！"である。

　明日からは7月。6月退院はかなわずとうとう7月になってしまった。

　7月の各種活動の予定先に当分の間、こういう事態なので、延期のメールを発信した。残念である。

　今、M先生が様子見に来てくれた。先に抜いたドレーンの分が、今この残り1本のドレーンに集中して排出されていると思うとの事。したがって、もう少し状況を見るしかないと言う。

　また、H先生もドレーンの量と退院の日取りの件で来てくれた。やはり、今しばらく様子を見るしかないとの言である。土壇場で迷いの毎日であるが、しかし、このドレーンを抜く訳にはいかない。後しばらくのしんぼうだ。

　排出される分泌物は予想がつかない。今しばらくつき合うしかない。

　09：50　昨日、なかった排便がやっと来た。温かいタオルで身体をふきスッキリした。レントゲン検査に出かけようとしていたら、M先生が傷口の消毒とガーゼ交換に見えた。

　これからひと休み（眠り）してから、1階のレントゲン室に行く。

　12：10　レントゲンで腹部と胸部を撮影してきた。

　13：50　昼食後、少し眠った。少し疲れを感じる。入院疲れか？熱はないが、だるい。

第2章 病室からの脱出

これでは、今退院しても不安がある。

15：02　疲れを感じていたが、少し眠ったので良くなってきた。今日はいい天気である。

人間、走るという動作は本当にすばらしいと思う。毎日、病院のベッドから外を眺めていると、よくジョギングしている人の姿を見かける。うらやましい。早く元気になってフルマラソンにでも挑戦しようかと思う。そこまでいかなくとも、早くジョギング、ランニングができるよう復活したいものである。やはり人間、健康が何よりの宝である。

7月1日(火)

09：30　H先生が来て、利尿剤を増やしてみようとの事になった。

17：50　入院生活もとうとう7月に入ってしまった。早、また、今日の1日が終わり入院24日目になった。今日は良い天気であった。妻が来てくれた。特に異常がない限り3日に1回来てくれる。完全看護の病院のため両方とも安心である。まさかこうして7月まで延びるとは思っていなかった。しかし、体力の回復はそう簡単にはいかないものである。長時間の手術故に体力消耗は厳しく、手術後の次の日から歩行リハビリを始めたとはいうものの傷口をかばって身体の動きはスムーズにはいかない。無意識のうちに自然と身体各部が緊張して動きが悪い。よく言われている使わない筋肉の衰退は顕著である。

7月2日(水)

05：15　カプセルを服用した。東京の夜明け。今日はいい天気だ。

16：15　8階ラウンジにて。昨日から排便がない。便器に座るがその様子がない。不安であるがこれも出るのを待つしかない。

22：00　ドレーンの残り1本の量がなかなか減らない。今日は8階のフロアーばかりでなく、1階のフロアーを歩き回ったが、その効果はまったく出てこなかった。排便も歩く事によって良くなるかと期待

したが、結局2日間見放されてしまった。最後になってから困った事である。残念である。夕方、歩行リハビリを終え822号室の病室に帰ってから1時間くらい経ったらドレーン袋がいっぱいになってきた。入れ替えてもらってもまたすぐに満杯になるのである。何でこんなに排出されるのか腹立たしくなる。これがなくなると退院できると言うのに……。これがいつまで続くのやら？ 痛みもナシ、食欲もあるし、体調良好。なのに、このドレーンはいっこうに止まってくれない。困ったものである。

　ドクターも良くなったりそうでなかったりの繰り返しで順次回復するので心配はないと言ってくれる。最後の詰めのところであせって事を仕損じても問題である。ここも気長に待つしかない。こうなってくると諸活動も7月は見送るしかない。みんなには迷惑かける事になるが仕方がない。忍びない思いでいっぱいである。子どもたちも首を長くして待っているだろうに……。

7月3日㈭

　09：34　排便があった。やれやれである。来る時には来るものなのか？　ひと安心である。やはり体調に1番影響してくる。

　退院をむやみに急いで家に帰ってから問題が発生したらそれこそ一大事になってしまう。ここはしんぼうして気長につき合うしかない。そうこうしていると入院してから1ヶ月になろうとしている、この間地域での諸活動はもちろん全面ストップしているのである。気掛かりである。人間50年を超えると身体的耐用に種々限界が見えてきている。賞味期限が近づいているのである。いろんな故障が発生してくるのは至極当然の事である。いかにうまくこれらと仲良くつき合っていくかである。あるいは、それなりの努力をして耐用を延ばすかである。早いか遅いかのちがいはあっても、"散る桜、残る桜も散る桜"となっていく運命なのである。60歳でボケる人ではなく80歳でもボケない人

第2章 病室からの脱出

にならなければならない。人生、日々の過ごし方が大切である。いかに健康に気を付けて食生活やストレス解消方策や、運動をしていくかである。これもこれからの自分の人生設計によって、いかなる努力をしていくかである。"もっと学びたい""もっと人々の役に立ちたい""社会貢献したい"という意欲の強さが基本となるのである。まだまだ意欲旺盛である。ここらでくたばってたまるか、の強い意欲、欲望があるのである。明日死ぬかのように生き、永遠に生きるが如く学ぶ、が、今の最も強い欲求であり、信念がある。これまでの生き方の集大成の仕事が残っているのである。限りある生命であるから。それがためにも日々大切に精進しなければならない。

つないだ命、いただいた命に、新たな責任と覚悟が生まれた。

7月4日(金)

05:00　曇天。昨夜は2時間ぐらいのピッチで目がさめてトイレに行った。利尿剤が効いているのか？　睡眠不足という感じである。

いつ来るともわからないこのドレーンの排出ゼロ。これが止まらない限り、退院はないのでこの先が見えず不安である。いつまで続くのか？　お腹の中をのぞいて見たい。

多少でも減ってくれれば希望が出てくるのであるが……。皮肉にも好転の兆し見えず。

22:20　8階ラウンジでレポートを書いているところ。ドレーンが夕食後1時間ぐらいで満杯になっていたのに、その後の1時間は極端に減ってきている。確実に減少傾向が出てきているのかもしれない。

期待しながら、今日はこれで終わり。"おやすみなさい"

「ドイツからのお見舞い」

　不安、怖れ、恐さ、心配、孤独、あせりといろいろな精神的ストレスがあった。このまま事故もなく順調に快復して欲しいと強く願うばかりであった。こういう不安な状況の中、ドイツの仲間たちから見舞いの贈り物が届いたのである。予期せぬ事であり、大きな驚きでありまた、大感激であった。その贈り物とは2個の石のかたまりできれいに磨き上げたものであった。Stefan、Detlef、裕子さんが中心となってメンバーの名前の寄せ書きも同封してあった。裕子さんの説明によると、その2個の石は、私の見舞いにもって来いのすばらしいものであった。

　この彼等の心づかいにまた、感動、うれしい限りで回復への大きな力になった事は言うまでもない。この彼等の心配りに必ず応えて1日も早く元気になって訪独して再会したいものである。

1）ヘマタイト（ブラジル産）
　これは、身につける人の血液に力を与えるエネルギーとなる。赤血球の働きを活性化し全身への酸素供給量が高まる事から、運動能力を高める効果や肉体労働をされている者には持久力を高める効果をもたらす。そしてこのヘマタイトのもう一つの大きなエネルギー的特性として持つ人の意志の力を強め、勝負強さを発揮する助けとなると言われている。

2）ユナカイト（ペルー産）
　ユナカイトは決して派手さはない石であるがこの石は乱れがちな精神状態や感情、肉体のバランスを安定した状態に保つ助けになる石である。余分な力やエネルギーの滞りを抜き取り、自然体にあるように促してくれる事で人生に安心感をもたらす。

友人たちからの手紙

フランスのジャック、
ロホンの3人で

My dear friend,
I will pray for you and I will ask to Chikara what happen, in the evening on the 10th.
Yes, many people here are waiting for Shigeru, next year in France!
We whish you an happy New Year 2015 with a perfect health!!!
See you soon,
Jacques and his family

フランス・ジャックからのお手紙

仮屋美子様

　前略　ごめんください。数日来、遠くフランスから仮屋家の皆様を思う気持ちがどんどん強くなっています。まもなく命に関わる手術を受ける茂、それから彼の側にいるはずの美子様のこと。
　私はよく「美子様」とあなたのことを呼びますが、この子供じみた冗談のなかには実は深い尊敬の念が隠されています。仮屋茂の妻であるということは、平凡な女性であってはなかなかできないことだと私は思います！だから様付けで敬意を表しているのです。お二人と知り合ってから、様々な機会がありましたが、言葉の壁にぶつかりつつも、私たちはお互い多くのことを理解し合ってきましたね。
　私の仮屋家の皆様への深い友情には、ご存知かとはおもいますが、私なりの理由があります。それはまず茂との真なる友情であり、私の人生は茂なしには語れないからです。彼とは私の人生で最も貴重な経験をしました。無事に成功に至った国際交流でしたが、その途中では数々な困難に挑まなければなりませんでした。うまくいったのは茂や私を支えてくれるあなた達のような奥様方の御陰あってのことです。
　美子さんの、慎み深く、控えめかつ効率的な支援は、とてもありがたいものでした。
　美子さん、あなたがいつも居てく下さったことに心より感謝します。
　病気の茂のことを考えると心が痛みますが、手術を経てきっとよくなると希望を持ちましょう。茂は今まで多くの敵を打ち破ってきました。この意地悪な癌だってきっと克服できると信じています。
　七月に日本に行きます。その時には是非笑顔で皆様に再会できることを祈っています。
　またね！
　　　　　2014年6月9日

　　　　　　　　　　　　　　　　早々
　　　　　　　　　　　　　友人、ジャックより

My dear good friend Shigeru,

One of the best things that happened to me was to meet you and become friends with you for life.
When we reach 60 years of age we know that we have lived most of our life! The questions we ask ourselves at that point are: when, how and why will we die?
Men who do not believe in God have no hope of another life after death, but I am sure that they wish that this does not become reality. For believers in God the certainty of eternal life is a real help to them to understand the injustices of life on earth, man's injustice to fellow man, injustice of risk, injustice of sickness, injustice of atavism and finally, injustice of death itself.
Why Shigeru, must you fight against cancer at 70 years of age, when bad, unpleasant and dishonest people reach old-age without suffering any ill-health?
So, my good friend Shigeru, I beg you to fight this cancer and eliminate it from your body. Delay as long as possible our rendezvous with God who will let us spend eternity together even though our lives were not perfect, but we did try to behave in the best way.
Please do not forget our last duty in this world is to hand down to our children & grand-children the values in which we believe and which must endure after we have passed on. Our ancestors gave us all of these qualities – all thanks to them and peace on their souls!
Jacques Gidon

フランス・ジャックからのお手紙

まず初めに、仮屋先生に心よりお見舞い申し上げます。闘病のことを拝聞していたにも関わらず、微塵にも感じさせない精神力や道場でドイツ柔道家達の前に立つ姿を拝見させて頂く中、こうやって自分の人生に真向勝負をかけ、打ち勝つ人がいるものなのだと身をもって教えられています。迷って不安で、何が正しいのか紆余曲折している私たち現代の親世代たちに、まさに今、必要な指導者ではないかと思います。

長年の仮屋先生の国際交流活動にドイツのエルツ町が関わらせてもらって数年。私が直接エルツの方々から聞くのはいずれも感激の声です。ドイツから鹿嶋訪問の際には、例えばそれまで経験したことがないほどの温かいおもてなしを受けたこと、日本人の優しさ、そして礼儀と秩序正しさ。反対に鹿嶋柔道スポーツ少年団の子供達が来独した際には、ホームステイ先の親同士が（預かっている）我が子自慢をするほどでした。

海外の柔道家たちにとって日本の柔道、本物を学ぶ喜びは計り知れません。言葉も外見もちがう相手をまず尊敬し、ちがいを受け入れることが共生の一歩です。しかし、ドイツでもなかなか難しい問題です。そんな社会で柔道そのものがその精神であることをエルツの柔道家たちは学んでいます。もちろん仮屋先生の背中、そして鹿嶋スポーツ少年団との交流から学んでいます。国を越えた人間教育、そんな機会を作り、架け橋をして下さる仮屋先生と、その偉業に関わられる全ての方々に感謝の気持ちでいっぱいです。

ドイツ・裕子さんからのお手紙

第2章　病室からの脱出

7月5日(土)

04：35　薬効が切れて腹部が重苦しい。汗をかいてくる。身体全体が正直に反応してくる。疲れが出てくる。これらの症状は身体の本能的な防衛本能であり、身体を守るための諸制御機能が自然とそういう作用をするのであろう。昨夜10時30分頃服用したのでそれから約6時間である。やはり6時間ごと、1日4回を維持する方が良いようである。1日3回の服用はまだ早いという事、無茶だという事のようである。極力、薬も減らして、平常に近い状態を志しているのであるが、思うようにはなかなかいかない。残念だけど。

05：55　薬効が出てきてラクになっている。ドレーンが少し減ってきたように見える。動いていると少ないようで、ベッドにいると多くなるような気もする。1時間くらいでいっぱいになる。また、この繰り返しが続くようである。

約2時間ごとにオシッコに目がさめるために寝不足感がある。しかし、今日も動くぞ、これから歩行トレーニングだ。

10：10　ドレーンが止まったようだぞ。排出量が少なくなった。6時以降あまり増えていない。ヤッタゾ！

12：35　しかし、また、どんどん出だした。ぬか喜びであった。もう、やがて、溜める袋が一杯になっていく。ナンダヨー！

止まったように見えたのは、排出パイプが何かのひょうしにねじれて詰まっていたようである。人騒がせなヤツメ！

18：45　曇天であったが、青空が見えてきた。

ドレーンくんは、相変わらずである。

何でこの年齢になって、こんな大手術をしなければならないんだ。そして、この最後のドレーンの止まらない現実？　不安で心配であった手術も成功し、順調に快復して待望の退院が目の前に来ているのに、最後になってこのドレーンが止まらない難題に直面している。何事も

スンナリとはいかないものである。一難去って、また、一難。これまでの人生で幾度となく味わってきたもの。生きるとはそういうものと数え切れないほど学習してきたのであるが……。大手術の危機を乗り越えて"喉元過ぎれば……"で、1日でも早く退院して子どもたちが待つ各種活動に一刻も早く戻りたいと欲求は募るばかりである。ゆっくり、あわてず養生するという気持ちの中に、"早く、早く"というあせりも、当然起こってくる。がしかし、今は、静観する事だ。

明日から、利尿剤を減らす事になった。

7月6日(日)

05：39（入院後29日、手術後26日）　晴天、目がさめた。睡眠不足である。利尿剤を減らした効果なのか、ドレーンが減っている。

1つの勝負時かも？　疲れている。だるい。

痛み止めの薬もこうしてずっと続けているが、今は、これに頼り切って服用するしかない。これとドレーンの排出とは、関係ないと思うが、しかし、何か手が、対策がないものなのか？

また、詰まっているのか？　減っている事は確かである。また、かすかな期待がふくらむ。

13：00　昼食が終わったところ。

食事前にシャンプーして身体をふいた。

H先生、M先生が診察に見え、消毒とガーゼ交換。この時、ドレーンパイプの詰まりもなく、量が減っている。

いよいよ、本物かな？

21：00　やはり、ドレーン量が少なくなってきている。こんどはまちがいなく収束状況のようである。先の見通し、退院のメドがつきそうである。

第2章 病室からの脱出

コラム③

「生きるとは？ 人生とは？」

　何でまだこの上に辛い思いをさせるのかと天を恨めしく思う。"人生は重き荷物を背負うて歩くが如し"を生き抜いてきてさらに人生の終わりのこの時期この年代になっても何でこういうさらなる重い荷物を背負わなければならないのかとつくづく思う。まさしく"イジメ"？じゃないかと……。何の取り柄もない貧乏人が真面目に懸命に生き抜いて来たのに……。

　6月は、各種検査で毎週東京の病院通いとなった。連続する検査診療にかえって病気になってしまうとさえ思えた。しかし危機であり、絶体絶命のところに追い込まれている事は事実なのである。手術する事は、命長らえることになるのである。これに素直に従うしかないのだ。これが今のベストポリシーなのだから従うしかないのである。覚悟する事だ、一大事である。身辺整理に取りかかる事だ。

　今日、子育て支援柔道教室とジュニアスポーツクラブは6月いっぱい休みとなる事を責任者に告げた。子育て支援柔道教室はますます好評で今、さらにまた2～3人の見学者が来ているところであった。これは「適時性」と「適刺激」の効果が父母にも理解されこの事業への高い期待の表れである。北浦クラブはI先生にしばらくの間、大変であるが頼んだ。また、百年塾の方はIK先生に依頼した。これら活動を休止する事は子どもたちや父母のためにも何としても防止したいという強い願いがある。これまでの長い間の取り組み、営みが成功して盛況になっているので途切れることは身を切られる思いがする。地域での子育て支援活動の将来への展望が拡がり、期待が高まる一方の事業は夢が大きくなるばかりなのである。

　家庭、学校、地域の教育力低下が危惧される昨今、子どもたちの育ちの根源を考えてのこれらの試みは益々重要なものとなってきてこれまでの実践の積み重ねで確たる手応えを感じ本格的な事業への土台ができているのである。ここにも"道なきところに新しい道"を創り出す挑戦が形となって結実しているのである。自己責任のもと自助努力で自己実現を計るという生き方の具現化が形となって実現しているのである。

　保育園と幼稚園の子育て支援柔道授業を5ヶ所で実践、いずれも大盛況である。これまでの自分の人生、生き方を定年後にいかに活かすか、いかに社会還元し恩返しするかの私の信条の1つがこれら活動の創出と具体化であった。1つ1つの取り組みが形となって非日常のものが日常化しているのである。大きな社会変化のニーズに的確に見合

う活動を企画し実践するならば新しい事業がこのようにして次から次へと産み出されてくるのである。さらに現在、最も大きな取り組みである市からの依託事業の3つの小学校の児童クラブ運営である。これは私の今の最重要事業の1つである。いろいろな課題を抱えている事業であるが今後ますます期待が高まり地域社会に無くてはならない重要な事業になることはまちがいなく子ども父母だけのものではなくそこに指導員としての新しい雇用が広がっているのである。高齢者の生き甲斐、居場所として発展して地域社会づくりの一大拠点として注目される内容であり地域財産の1つとなっている。私のライフワークが限りなく無尽に広がっていき夢はふくらむ一方である。

"人生において重要なことは生きることであって生きた結果ではない（ゲーテ）"

この新しい生き方の気づきがまた、大きく背中を押してくれている。

やっぱり生きることだ。

生きる事、命を長らえることが大事なんだ。"もういいよ"と満足し手打ちするのはまちがいである。まさしくたった一度の人生じゃ、無駄に意味なく生き長らえるつもりは毛頭ない。年を重ねてもそれなりに生きて社会貢献ができる。

むしろ、年を重ねたからこそできる世界が広がっていく。その自信と夢がどんどんふくらんでいく。

年を重ねることはそれまでに見えなかったものが見えるようになり気づかなかった世界に気づき新しい発見のもと新しい世界が広がり新しい物事が創出されるのである。そう考えるとこれからが真の人生である。

今、くたばってたまるか、もったいない。

いくらでも楽しみがそして尽きない夢が待っているのだから……。

"死んで　仏に成るはいらぬこと　生きているうちに　良き人となれ！"

"愚痴っても　しょうがない　愚痴からは　何も生まれない"。

もう覚悟はできている"真板の鯉である"。

特攻隊員出撃の心境である。"いつでも出撃できるぞ"。入院手術の判断は医師の指示に従うのみである。今の自分の存在からなる責任と覚悟だ。

千坂さんからのある時のメール。

"仮屋さんは愚痴を言ってもすぐに次の行動に移っている。だから愚痴にならない。そこからいつも何か新しい次なる夢に向かって走っている"と。ナルホド自分ではそういうつもりではなかったのである。言われてみると自然とそういう動きフットワークをしていたという事になる。人に言われて初めて気づかされる。それが自信となるものだ。

第2章　病室からの脱出

7月7日(月)

　05：30　曇天。今日は七夕である。痛み止め薬を服用した。ドレーンがまちがいなく減少している。昨日から確実になってきた。やっと来たというところである。

　昨日、責任者のM先生が数人の部下をしたがえて往診に見えた時"そのうちに、ドレーンはなくなるから心配しないで"と言われた。

　"朝の来ない夜はない"でひと安心した。しかし睡眠不足で眠い。オシッコに立つ時が多いためである。利尿剤の影響であろう。ドレーンにも良い事なのであろう。排便が不規則である。病人なのだから、いろいろの問題を抱えている。常人、健康でない証拠。

　07：25　洗面後、歩行リハビリで8階フロアーを1周してきた。未だ、通じはない。お腹が張ってきている。困った事だ。ナースがいつも出たかどうか確認に聞くが"ノー"である。ドレーンは確実に減少している。これがどこまで減ったら"ヨシ"とするのか？　完全にストップしなければドレーン管を体内から抜き去る事はできないものなのか？

　08：35　朝食をおいしく食べられた。

　ドレーンが減ってやっと"メド"が立ってきたというところである。先がかすかに見えてきた。6月末には退院という予定が7月に入ってもう1週間経つのである。

　H先生、M先生が言う。人によってもいろいろあると言う。今日は減ってもその次の日多目に出る時もあり、これをしっかり見定める必要があると言う。期待して2～3日様子を見ようと言う。"もう少しだ""一進一退"の攻防戦である。

　今朝も採血した。排便がないので下剤を服用したが、未だ効果なし。"台風8号接近中"

　いろいろな薬を服用した後、飲んだかどうかを確認するためその空

袋は小さなコップに入れるようになっている。ナースが往診に来るたびに"薬を飲みましたか？"と聞いてくる。意外と忘れる事もあるのである。

22：23　痛み止め薬、今日の最後の服用をした。

心配していたドレーンが急に減少してきた。この１週間の状況では、一番良い状況となってきている。ひょっとするとここ２〜３日で退院もあり得るかも。

7月8日(火)

04：54　この頃になると薬効が失われていろいろな症状が出てくる。脚部から身体全体に汗をかいてくるのである。喉、口の中が乾いてくる。だるい、気力がない、目に力がない。

ドレーン量が安定的に減少してきている。今日の進行状況によって明日以降の成り行きが決まってくる。"時よ止まれ"ならぬ"ドレーンよ止まれ"の祈りがある。

06：07　台風８号のニュースが入ってくる。全国各地で被害が予想されている。東京は未だ真っ青な天気である。近々見られなかった好天である。

……台風接近がウソのようである。

朝食を終えたところ、胃薬１錠と利尿剤３錠服用。痛み止めは11時の予定。

13：40　昼食後、ひと休み（眠っていた）。

やっと排便があった。これが定常化すれば安心だが……。

午後利尿剤が解除された。これでまた１つ、解放された。また、一歩前進だ。

7月9日(水)

06：22　昨夜、痛み止め薬を１回抜いてみた。しかし、やはり、疲

第2章　病室からの脱出

労を感じる。未だ無謀のような気がする。ドレーンが減って退院の日を待ち遠しく楽しみにしているのはいいが、今の体調のままで家に帰るのは正直不安がある。"明日、退院"と言われても素直に喜べない気がする。複雑な心境なり！

　ドレーンも減ってはいるが、しかしその増減もある。不安は尽きない。

　朝、採血と計測。体温36°体重58.5kg（通常時62～3kgがだいぶ減った）。

　08：15　ついに最後のドレーンパイプが取り外された。"ヤッター"手術後、諸々の器具が身体中に装着されて、快方に向かう毎に1つずつ取り外されてきていたが、難題の最後のドレーンが遂に外されたのだ。

　感激である。やっと自分の身体に戻れたのである。感謝である。"ありがとう"

　14：03　最後のドレーンの排出がなかなか止まらず大変苦労したが、やっと外れた。しかし、一抹の不安はある。体内の分泌物をうまく自力で処理できるのであろうかである。もう外した今は、それを信じるしかない。自分を信じる事。

　これで今日、明日の状況をよく診て、異常がなければ退院できる事になる。結局、フル約1ヶ月の入院、予想外の長期戦になった。凄いものである。人間の力、医療の力、こうして元に戻っていくのである。こんな大きな傷口が残っているのを見ると改めて驚くと共によくぞ、回復するものよと感心させられる。

　医療事故も、合併症や感染症もなく、また、医療ミスも幸いにして起こらなかったのである。

　また、自分自身でも、この長期間よくガマン、しんぼうして気長に前向きに頑張ったものである。毎日成功、快復を信じて次の生き方に備える気力で毎日過ごしてきたのであった。暇さえあれば読書、新聞、

レポート書きと、己のこれまでの生き方、現在、そしてこれからを真剣に考える貴重な日々と解して、病状には悪い影響を及ぼしかねないほどの充実した日々とも感じたのであった。結局、つまるところ、死を見つめての究極の生活、生き様があったのである。
　初めての体験であり、戦前（手術前）の予想をはるかに超える内容であった。幻覚症状、地獄か現実かに迷う世界、これまでにない辛さ、きつさ、しんどさを味わった。まさに人生最大のピンチであった。
　一方では、健康のありがたさ、平凡ではあるが日々の平穏な暮らしの大切さ、ありがたさを改めて知る機会と成ったのである。ここからこの経験をいかに生かし、これからの人生をつくり上げるか新しい責任と覚悟が生まれてきたのであった。日々の過ごし方、立ち居振る舞いのあり方は１分１秒がかけがえのないものとなるのである。
　生きて、生かされている限り、全てに感謝である。生きる限り精進である。これまで以上に生き方に真剣でなければならない。自由人であればこそできる事をせねばならない。ただ、いたずらに長らえる事ほど無礼でもったいない事はない。人生は苦労で、生きる事は辛苦だ。１日の生活も同じ事。１日精いっぱい働いて、夜になるとゆっくり休むのである。人の一生も同じように、精いっぱい働いて"もういい。""よくぞしっかり働いた、もうゆっくり休みなさい。"と声がかかるまでは苦労する事だ。その苦労が大きければ大きいほどに良き安らかな眠りが待っている。
　昨夜、痛み止め薬を飲む事を１回分止めて見た。挑戦してみた。しかしやはり疲れが出てきた。４回に戻したら調子がいい。ドレーンを外したがその分お腹が張ってくるとかの異常はまったくない。ところが、ドレーン抜きのパイプを外したところから分泌物が漏れ出て、ガーゼを汚していた。すぐにナースを呼んでガーゼを取り替えてもらった。ビショビショになっていた。ドレーンパイプは外したが、やはり未だ体内からの分泌物が出ているのである。量は減っているものの、体内

第2章 病室からの脱出

に突っ込んでいたドレーンパイプのところからはにじみ出てくるのである。

今日は排便もあったし、体温、血圧も正常。ただし、体重は平常62〜63kgが59kgに減ってきた。大手術を終えての病人である。当然であろう。これから順次体調の快復にしたがって増えていくであろう。心配する事はない。

ナースの話でドレーンがこうしてにじみ出してくる事はよくある事という。この変化、状況の見極めが退院の判断になるのであろう。もう、ひとふんばりだ。フランスのジャックの来日の詳細情報がない。見舞いに訪日するというのである。

病院かまたは退院して家への訪問となるのか？

ドレーンの関係で退院が延期になってしまって残念であるが、今はしんぼうするしかない。

考え方によっては、この大手術だ。そう、簡単に回復してすぐに元に戻れる訳もないのである。心身共に相当の消耗であった。これを考えると、今こうして病院での療養はかえっていい事なのかもしれない。急いで無理して復帰してトラブルが起こっても困る事。この病院で安心、安全に療養する事がベストポリシーであると思う。

7月10日(木)

05:10 薄曇り。下腹が少し痛む感じがする。痛み止め薬を服用する。
台風8号の余波はまったく見られない。東京は影響がなかったようである。

ドレーン管を抜いたところからの排出も見られない。その他特に問題なし。7月も10日に入った。今朝の往診でもドレーンの排出がなく、乾いてキレイである。退院できる事になる。土曜日か日曜日になりそうである。しかし、体調が本調子ではない。元気がない。早く退院したいのは山々であるが、そうかと言って、もし明日退院と言われると、

この体調では不安が残る。心配がある。"よし、もう大丈夫"とまで自信を持って言い切れない。"シャキッ"としない。

12：50　昼食を終えたところ。1ヶ月ぶりにご飯が食べられた。お粥からの脱却である。おいしく食べられた。これでまた、いっそう元気も出てくると思う。

14：20　ひと眠りしたら、調子がいい。やはり睡眠不足が影響しているのであろう、少しの時間でも眠ると気分がスッキリする。"いよ、いよ、王手だ""凄い闘いであった""長かった"。しかし、やがてこの戦いも終わろうとしている。ありがたい事、うれしい事。感謝である。

18：57　夕食を終えたところ。

台風8号の余波か、少し風が出て小雨が降ってきた。夕食後、病院の周囲を散歩してきた。手術前に回ってから約1ヶ月ぶりである。アジサイが終わり、風情がすっかり変わっていた。体調も良好。

21：25　8階ラウンジにて

気分は良好。今日の昼食から、粥に代わって待ちに待った米飯食となった。やはり、この方がおいしい。食事している実感がある。うれしい。ドレーンも少しずつではあるが少なくなってきている。いい傾向であり、ありがたい。13日の月曜日には退院できると思う。

長男力が迎えに来てくれるという。元気も回復したとはいえ、山手線に乗り、高速バスに揺られて帰る事は無茶である。家まで送ってくれる事はありがたい。

しかし結局7月いっぱいは諸活動は休むしかないようである。日常の生活に戻るまでは、徐々に慣らして、無理は禁物である。

入院前に痛みがあるとか身体の不調があるとかの自覚症状があった訳ではないので、この入院、手術も他人事のような気がしていた。したがって、ノンキに構えていた。心の準備もそう深刻に考えていなかったのであった。それらへの備えも甘いものであった。これが一転して10時間もの長い時間の大手術であったのである。

第2章　病室からの脱出

　手術直前、手術室へ向かう車イスでの心境、手術室へ入った時の何とも言えない静けさと冷たい雰囲気、まるで屠殺場のように思えた。ついに殺されるのか？　すぐに車イスからベッドに移され横になる。担当のナースから"誰だれ"ですと名前を言いながら"よろしく"とか諸注意があるが"ハイ、ハイ"と言うしかない。"時に暴れる人も居るのでその時はベッドに縛る事もあります"と言う。それはなってみないとわからない事である。"ハイ"、"ハイ"と言うのみ。

　いつしか、麻薬のエジキとなった。手術が終わってからは幻覚の症状もあり、夢の中か現実の世界かの見分けもつかないような時もあった。辛く、苦しく、とてもしんどい時もあった。こんなに厳しい事なのかと思い知らされた。まさしく非日常の世界での生活が始まったのであった。決してこういう事は二度とあってはならないものとつくづく思った。何事も経験と言われるがこういう経験などこの一度で十分である。辛く厳しかった分だけ考えさせられ、そこにまたこの非日常の世界ならではの気づき、発見、学びがあって、日常の平凡な生活のありがたさ、家族の事、人との事、多くのネットワークの世界、今この生活しているいろいろな取り巻きの事、これまでの自分の生き方、今、現在、そしてこれからどう生きるかの思索がとことんできたのであった。

　帰還、復活、甦った命、かけがえのない重い物を背負ったのである。人の命の重さを、自分のこの命の重さを、他のだれにもわかりようがない己自身のこの身の重さを知ったのである。

　残り数ヶ月？　何年生き長らえるものか、知る由もないが、だからこそ、貴重なのである。かけがえのないものなのである。

　天命によるこの命、天命にあずけるしかない。この命を命がけで守るのは己自身である。次なる「責任と覚悟」の新しい歩みが始まったのである。

7月11日(金)

04：45　汗をかいている。下腹部に鈍重を感じる。

痛み止め薬を服用して、しばらく休む。

今朝の諸測定結果、体温36.6°、血圧126、体重58.8kg

薬を新しく受領、胃薬朝のみ1錠、痛み止め薬1日4回分、利尿剤朝のみ3錠。

利尿剤のためかオシッコで2～3時間毎に起こされる。

この分お腹の分泌物がうまく排出されるのであろう。したがってぐっすり長く眠れないから疲れが出る。だるい症状が抜けない。

14：00　昼食を食べてひと休み。少し眠った。

少しラクになった。午前中は身体が重く本調子が出なかった。

昼食前に歩行リハビリ。8階のフロアーを1周し、1階のフロアーも歩いた。また、1階と2階の階段の昇り降りにも挑戦してきた。

何でもっと元気になれないのだろう？

動く気持ちは旺盛なのだが、身体の反応がスッキリしない。未だ、本調子にはほど遠い。

21：40　今日は、結局1日中胃のもたれ感があり、差し込むような痛みもあって、歩行リハビリも朝方と昼前しかできなかった。こんな事もあるので安心できない。未だ何が起こってくるかわからない。

夕食のご飯はほとんど食べなかった。

何で？　こんな事ではホントに困る。

22：30　右側の腰と背中が痛む。寝ていたからか？　寝姿が悪かったのか？　ホントに手術は全て上手に行われたのか？　術後の経過はこれでいいものなのかと要らぬ心配、不安がつのってくる。

今夜は良く眠れるかな？

第2章　病室からの脱出

7月12日㈯

05：35　曇天。胃の痛みと下腹部の痛みが消えた。

昨夜の夕食のご飯を食べなかったので、空腹でぐったりというところ。朝食が待ち遠しい。

今朝の定例各種計測結果　体温36.3°、血圧118〜88、体重58.7kg

11：20　今日は体調がいい。M先生が傷口の消毒とガーゼ交換に来た時、ドレーン部のガーゼが結構汚れていた。この部分からの排出が未だあるのである。今朝の歩行トレーニングで出てきたのかもしれない。出るものは出した方がいい。これがお腹に溜ってしまっては、一大事である。8階フロアーと1階フロアーのウォーキングと階段の昇り降りを繰り返した。

このドレーンが出なくなり、いつも乾くようになれば、分泌物がなくなった証拠となり晴れて退院が可能と、H先生は言う。いろいろな準備をしておくべし（未だ決まった訳ではないが……）。

20：55（8階ラウンジにて）　この病院ホテル？　とも、もうすぐ、お別れかと思いながらも、とうとう7月も12日となった。結局ドレーンの量が減少せず、6月末には退院できるという期待もかなわず、延々と伸びて7月に入ってしまったのである。"ドレーンよ、減ってくれ"、"止まってくれ"の願いもむなしく、いつまで経ってもその気配が見えなかったのである。今また、今度はこの体内からのドレーン抜きの場所（排出パイプを差し込んだところ）からにじみ出るのが止まらないのである。一難去ってまた一難なのである。ドクターも判断に困っている始末である。状況を、この変化、様子をジッと見ているしかないのである。じれったい。イライラもしてくる。いたわってやるしかない。大手術を乗り切ってくれたこの身体である。もう少しのしんぼうだ。こういう事態はかつてない経験である。

精神的にも肉体的にも無理をすると想定外の危険を呼ぶ事にもつな

がるものだ。
　つないだ命だ。大切に、そして愛しく！

7月13日(日)

　05：42　ぐったりの疲労感。汗びっしょり、ドッと疲れが出る。今朝も5時頃、痛み止めを服用したが、この繰り返しの毎日である。この朝の起床がさわやかに、元気に、できないものか？

　今一つ、快方に加速がかからない。相変わらず2時間毎にトイレに出る。これが主因である。利尿剤で内部の分泌物を排出しているのであろうから仕方がない行動なのである。

　体重の減りも当然かと思うが少し気になる。思いに反して快方へ加速しない。おかしい？

　昼食の意欲も湧いてこない。食が進まないのは体力的に大きなマイナスになる。昼食時、売店からナットウ巻きを買って食べた。これならおいしく食べられる。ご飯は少し残った。

　測定結果　体温36.6°、血圧126、体重58.8kg

　朝食はパンが出た。パンが食べたいと思っていたので良かった。

　今日の午前中の診察時、ドレーン管を抜いた後のところからの排出は見られなかった。

　痛み止め薬と利尿剤を飲んでいるのであるが、これを止めたらどうなるだろう？　やはり続けて服用するしかない。ドクターの指示に従うしかない。

　最終段階の非常に大事な時である。あわてず、怒らず、静かに養生する事だ。

7月14日(月)

　04：08　痛み止めの薬を飲んだところ。今日は規則正しく服用していこう。胃の痛みが未だ残っている。

第2章　病室からの脱出

　昨夜はナースの点検でドレーンがどのくらいあったのか不明であった。

　05：45　胃の痛みが小さくなってきた。今朝、寝ていると脚部に汗をびっしょりかいてくる。フトンを外すと寒く、かぶると暑くなって汗が出てくる。温度コントロールがうまくいっていない。上半身の汗は少しだけ、こうして汗をかくという事は体力消耗が大きく朝に疲労感がドッと出てくる。体力が思うようについて来ない。回復にはまずい現象である。とにかく食べて体力をつける事である。

　09：00　歩行リハビリに出掛ける前に、ガーゼを取り替えてもらった。結構未だ出てきている。朝食のご飯を頑張って半分食べた。昼食はお粥に変えてもらった。目に元気がない。体力がない。しかし今朝も8階のフロアーと1階のフロアーそして1階と2階の階段の昇り降りを頑張った。

　H先生がガーゼの取り替えを家でできるなら退院しても良いと言うが、とんでもない事だ。

　しっかり病院にいる間に安心できる状態にしてもらう事だ。家に帰ってからの異変にはとても対応できず危険である。ここまでしんぼうして気長に様子を見ながら養生してきたのだから最後をしっかり締めくくってから退院したい旨強く要望した。

　早く安心できる体力をつける事である。

　13：55　昼食を全部食べた（ご飯でなくお粥であったが）。

　食後、少し眠った。この昼寝が重要である。スッキリして気分が良い。

　今日は調子が良い。薬の服用を規則正しくそして食事を十分とると体力もつき元気が出てくる。気持ちが良い。

　夕方、入院後初めてズボン、シャツに着替えて外の歩行トレーニング。

　暑かったが、調子良く歩く事ができた。

　久しぶりの"シャバ"の空気は最高！

18：00　晴天、暑い日（病院の前庭にあるテーブルにて）。歩行リハビリの途中、ひと休みしながらレポートしている。今日、入院して以来初めて普段着に着替えて病院の外を散歩してきた。今日は気分も良好なので退院を前にしてのシミュレーションを行った。外へ出て見ようという気が自然と湧いてきた。後でナースに聞いた事であるが本当は病院側にちゃんと届けてからでないと勝手には出てはいけない規則だとわかった。あまり、疲れもしなかった。余計に退院への熱望が増してきた。最後の戦いの場になって一進一退の戦況が続いているが、こんな時は短気を起こさない事だ。あせらず戦況をまちがいなく見極める事である。大手術が成功し、順調にここまで回復している事を最重要視してこの時をいかに乗り切るかを考える事である。短気、あわてては事をし損じる。自分の身体である。精いっぱい頑張ってくれているのだ。

　じっくり落ち着いて信頼してこの状況を見守る事だ。甦った命だ。こんなありがたい事はない。感謝あるのみ

20：50　夕方の外の歩行が効いて眠い。夕食も全部食べる事ができた。

　この調子なら2〜3日で退院できるようになる。関係先にその旨連絡を入れた。

21:15　8階ラウンジにて　ドレーンが完全に止まったようである。夕方も今も点として汚れが残っているだけである。いよいよ本物のようである。明日の先生の回診の時点での最終判断が出ると思う。シャワーができるのもさらに1日様子見となるのか？　こうしてもう少し、もう少しとていねいに慎重に状況を見極めながら判断してきたので今更あわてる事はない。

　病院側も退院を急がせる訳でもない。より安全な選択と双方が納得した上で結論するという形なので当方も先を急がずに考えたいと思っている。体調もだんだん良い方向にきている。食事も完食できるよう

第2章　病室からの脱出

になって来て、元気の源となっている。

　こうして退院のメドが立ったものの、今後再びこういう事態が来ないという保証はどこにもないのである。転移したというこの事実は、また発生するという事でもある。二度と来たくはないが病院の完全看護のすばらしさはまんざらでもない。

7月15日(火)

　04：10　小便で目がさめた。丁度カプセルを飲む時間である。多分、今日が最後の日になるかも。入院生活は長かったが、いろいろな経験学習をした。命を洗う貴重な旅であった。明日、退院といううれしい日となる。この非日常の世界からの脱出というかけがえのない記念すべき日となる。それを前にして今日はどう過ごすか？　黄金の１日でもある。今朝もドレーンの汚れはない。点の汚れはある。気分も良好、退院のメドがつき、当然気分もいい。"ヤッター"、"バンザイ"である。

　18：10　４時頃からずっとベッド上でいろいろ考えた。思索の時間となった。入院生活の事、これまでの人生、自分の生き方、そしてこれからの人生のあり方をじっくり考え抜いた。もらった命である。結果オーライになったが、もし万が一反対になっていたらと思うとゾッとする。それを考えるとこんなありがたい事はないのである。感謝である。一進一退の不安な日々もあったが、こうしていよいよ退院する。こんなありがたい事はない。これ以上のものはない。極上ものである。とうとうこの日が来たのである。

　結局退院日は７月17日(木)に決定した。ただし、今日、明日と症状に異変、異常が起こらない限りの条件付きである。

　もちろん大丈夫である。今度こそまちがいなく本当に退院できるのである。

　今日もお通じがない。昨日から続いているので今日こそは自然排出を期待しているのであるが未だない。夕方、下剤を（座薬を）入れて

もらったが今のところまだ効果なし。

夕方、シャワーを浴びた。やっと人間に戻れた感じである。

夕食もあまり進まなかった。

21：45　今日は不調の1日であった。こうして日によって好不調がある。

退院というのに困ったものである。

夕方の回診でH先生、M先生も迷っている感じである。ドクターも完全O.K.は自信がなさそうである。それは当然の事。本人自身が完全に安心な良好な状態でないからである。もちろんドレーンがないからもうこれ以上治療する事はないのであろうが……。

がしかし、病人の調子が本調子にならないのである。本調子になるまでもっと入院するかとなるとそれは"かんべん"である。ドレーンがなくなったのであるから、退院して家に帰ってからしばらく養生、療養するのであるから、ここは決断のしどころである。

明日の回診で特別な異変が出ない限りは17日の退院は変わる事はない。これで良い。これで決定だ。

7月16日(水)

04：45（入院後39日、手術後36日目）　もうひとつ気分がすぐれない。相変わらず腹が張っている。通じがない。これも不調の原因である。

退院は明日か、明後日になるのか、この調子なら明後日がいいと思う。

06：32　定例のナース検診。各種測定も異常なし。

07：10　シャワーを浴びてきた。気持ちがスッキリ。ホントに生きている実感がある。"ありがとう"である。

09：50　朝食を終えたところ。おいしくとはいかないが全部食べた。もうひとふんばりだ。元気を出して頑張る事だ。

H先生の回診。もう大丈夫でしょう。明日1日はゆっくりして明後

第2章　病室からの脱出

日退院にしようという事になった。安全に安全を見越して7月18日㈮に最終決定だ！

　※2ヶ月後の木曜日の外来検査を受診する事。この時に異常がなければまた、2ヶ月後の検査となる。

　09：20　やっと出た。待望の"お通じ"だ。

　自然のうちにガマンできないくらいの状態に至った。トイレへ直行！　時が来ればこうなるのか？　出たから言えるが、いつになるのか本当に気掛かりであって、ひと安心である。

　退院が6月末から、まさかまさか7月18日まで延びるとは本当に予想外の事となってしまった。7月に入ってからのドレーンの問題がここまで延びる主原因となったのである。結果としてはあせらずあわてずじっくり養生したのであるから満足である。これがベストポリシーだったと確信している。

　10：46　利尿剤を服用しているためであろうが、夜も相変わらず2時間おきくらいにトイレに出る。このために睡眠時間が足りない。ぐっすり眠る事ができない。これが本調子になれない大きな要因である。

　ナースに、この利尿剤を止める事はできないものかと相談してみた。

　この直前、いつものM先生とは別の先生がナース2人と回診に見えた。手術の傷口とドレーン管を抜いた跡を見て"オオ、問題ナシ"と言い、もうガーゼも不要と言って外した。うれしい事であるが急に外すとお腹が冷えるのでナースに言って腹巻き代わりにホウタイを巻くようお願いした。

　13：50　昼食を終えたところ。デザートにメロンが出た。とてもおいしかった。今日の昼食は完食。しかし、気分はもうひとつすぐれない。やはり睡眠不足が定常化しているからであろう。身体がだるく、元気がない。目もショボショボしている。未だ病人そのものである。

　18日退院が決定した旨、関係者に連絡を入れた。

　18：55　晴天、暑い1日、夕食が終わったところ。疲れのためか少

し休憩して眠りたいと思うが眠れない。夕食も気が進まないから少しの間ベッドに横になっていた。ややラクになったので食事完食できた。

　食後の歩行リハビリに出た。

　19：15　歩行トレーニング中。今1階の地上に降りて前庭のテーブルで一服しているところ。

　もう、暗くなってきた。長い入院生活であったが、ようやく明後日退院する事になった。この住み慣れた病院ともいよいよお別れである。本当にお世話になった。命のやりとりの場となった。この場所は一生涯忘れ得ぬ、特別な場所となった。こんなにお腹を広範囲に切り開いて、内部の悪いところ（ガン細胞）を取り去る仕事。凄い事をやるものである。そして終わるとまた、元に戻しこうして普通の生活ができるようになるのである。成功するのが当たり前ではないだろうし、手遅れとか失敗とかで命が再び甦らない事態だってあり得る事。無事生還できた事を考えると、全てが"神の手、神技、仏の心"のおかげと真にそう思う。ただ、ただ、感謝するのみである。

　この年になって何で"ガン"に？　たばこもやらず、酒も強くなく、飲める方でもなく、日常生活も普通であるのに"何で俺がガンになるんだ"と信じられない毎日であったが、しかし天命であろう。こういう結果になってしまったのである。"神も仏もない"と思った。しかし、この事態、受け入れるしかないし結果的にはこの年代であったから良かったと思っている。子育て真最中の現役世代であったならとんでもない事になっていただろうと思う。

　これが天命なのであろう。この年代のこれまでの生き方、現状、そしてこれからの生き方をしっかり考える機会を与えてもらったのかもしれないと思う。1つまちがえるとこれからの生き方を考えるどころか命を取られていたかもしれない。

　これまでの生き方、現在のあり方そしてこれからの生き方の責任と

第2章　病室からの脱出

覚悟が、命をつなげる事になったものと確信する。

　生かされ生きられる限り、学びの精進あるのみ。また、これから新たなる責任と覚悟の闘いが始まる。

　21：15　地上に下りて前庭から看護大学前へと散策。昼間の熱さの余韻が残っていて暑かった。

　今日の午後からは非常に順調、快調であった。闘病日記の整理や新聞記事のスクラップの整理などした。これまでは地元紙の茨城新聞を読み、外出した際には朝日や毎日、読売などを買っていたが、今東京であるので、地元東京新聞をためしに見てみようと下の売店で買ってきたら、これが面白い。他の新聞とニュースの内容がちがっているのを発見。見ごたえがある。次が楽しみになっているのである。

　歩行リハビリでフロアーだけの散策だけでは物足らず、今、1階と2階の階段の昇り降りを2〜4回繰り返している。苦労もなく、不自由を感じなくなってきた。体力もかなり復活してきた。

　この長期入院で体重は減ってきた。62〜63kgが58kgに減ってしまった。しかし歩行時感じられるが、この際60kgぐらいが体力維持にはいいと思う。この入院の産物として努力しよう。帰ってからの養生も大切である。7月いっぱいは家の中でゆっくり休養する事である。本格的な活動は2学期からを目標にし8月いっぱいはノンビリ休養期間としたい。丁度いいタイミングの夏休みとなる。

　シャンプー、シャワーを浴びてホッとひと息だ。

　今日も無事終わった。

　"ありがとう"、"おやすみなさい"である。

コラム④

「このまま、命、果てるなら」

　もし、このまま、あの世に落ちてしまうなら、親父とお袋が何と言うであろうか？"何だ、お前が来たのか？"とビックリするであろう。先に逝った長兄に次いで、今度来たのは男4人兄弟の末弟の茂かと驚くであろう。大手術の麻酔が効いている4～5日の間は意識はあるのであるが、時々幻覚症状があった。集中治療室には1泊したと思っていたら、2泊しているのである。夢か、幻か。現実か、幻覚の世界なのか、判別できない状況があった。手術が終わって集中治療室に来た家族と面会した時に、"もう、終わったの？"と聞いた覚えはあるが、後のことはほとんど記憶がないのである。手術の翌日に"歩行トレーニングをやるが大丈夫か？"と聞かれ"エッ"と思いながらも、快復する事なら喜んでと挑戦したものの、思うようにはいかず、"もう、ここまで"と言った事も覚えている。後の事は、夜も昼もわからないくらい眠ったり目がさめたりの繰り返しの毎日であった。

　自分の身体ではない自分が居り、思考が動かない状況が続いた。こういう状況は一般病棟に帰ってからもしばしばあった。

　まさしく地獄の入り口を行ったり来たりの状況であったのであろう。空白の日々であり、生きていながらにして空白の世界をさまよっていたのである。不思議な世界であったのである。それは、そうであろう。身体をこんなに残酷に切り開いたのだから、尋常ではない。もし、麻酔が効かなかったら、七転八倒、生きてはいなかったであろう。生き返るのが不思議である。幻覚症状はあるものの、痛みは不思議な事にほとんどなかったのである。この事は本当に不思議なくらいラクであった。

　幸いかな、この地獄の渕から帰還、復帰できたのである。自分では、何もしないうちに時が経つと、自然と元の状態に戻っていくのである。人の命、生命力とはこういうものなのか。自分が思う世界と別な次元で物事が進んでこういう結果に導かれていたのである。命果てるのかつながるのか本人はわからないもの。

　天命なのであろう。もっと生かしておこうということになっていたのであろう、この命。現実、こうして、生きている。生かされているのである。つながっているのである。ありがたいと言うしかない。これ以上のものはない。まさしくある事が難しい状況となったのである。

第2章　病室からの脱出

> ありがたい事、有り難い事である。感謝あるのみである。これから、これをどう表現していくのかである。いかに生かしてご恩返しをするかである。再び生きられることになったのである。我が命を真剣に考える機会となった。この我が命、これからいかに生きるかである。再び社会に生き、生きる苦楽をすることになるが。しかし、これまでとちがう"死生観"となるであろう。当然ながら。日々この命と向き合う真剣勝負の営みが始まるのである。いつ「果てるとも」の責任と覚悟の新しい生き方がつくられる、愛しい日、1日を。

水戸護国寺

7月17日㈭　退院直前

　7月18日㈮にやっと退院が決まった。今日はその最後の1日となった。"シャバ"に戻るための最後の調整と病院関係者への"ありがとう"の"感謝の日"となった。昨日、今日と特に異変はなし。予定通り明日、退院する事になった。ただ、痛み止め薬を飲み、利尿剤を取っているために、夜、2時間ぐらいの間隔で小便が出るので、睡眠が十分取れていないので、頭がボケッとしている。この睡眠不足の関係があって、今ひとつ体調がすぐれない。手術の切り跡にも今は何もしていない。しかし、痛み止め薬が切れるとお腹が張るような重い感じが出てくるので、自然と下腹をかばう気づかいがあり、手放しで、安心し、動けない状況がある。しかし、それでいいのかもしれない。むや

みやたらと無理な力を入れたりする事は禁物であろう。こういうことから我が家に帰ってからも無理しないでゆっくり養生する事が大事なのであろう。

　Hクリニックの定期検診で見つかった今回の肝臓と大腸ガン（転移）であり、体調が悪いとか、痛いとかの自覚症状があったのであれば、また、入院への心構えも変わったと思うがそういう自覚がまったくなかったものだから、そんなに悪い状態とは思えなかったのである。しかし病院の決定には潔く承諾し切除する事にした。したがって、普通なら2〜3週間で終わるという気楽な、安易な心構えであった。今回、これが完全に外れて死ぬ思いをするし、そしてこんなにも長くかかってまったく予想外の展開になってしまったのであった。"九死に一生"、"地獄からの脱出"という大変な思いをした42日間の戦いであった。こういう大がかりな手術になると、麻酔が効いている1週間ぐらいは自分の意志で生きているのではなく医療器具でロボットのように生かされている状態なのである。次第に日が経つにつれて自分の思考が働くようになるのであるが、いろいろな心配、不安が募ってくるのである。合併症、感染症、医療ミスなど、いつ何時不測の事態が起らないとも限らないのである。しかし、結果的には長くかかったものの手術は大成功し経過も順調という内容であった。

　したがって我が人生もこれで終わるとの想いでこの数ヶ月、そしてこの大手術と長い入院生活は人生を真剣に考える決定的な場となったのであった。

　もちろん死んだ先の事など考えられる訳ではない。自然とここまで歩んできた事が懐かしく愛しく思い出されてきた。今がある。今に至った現象が尽きる事なく湧き出てくるのであった。

　幼い頃から少年時代、青春、そして家庭を持ち3人の子どもたちを育て、定年という1つの人生が築かれてきた。そして"定年とは、いいもんだ"の実感を持ちながら、しかし、古稀坂の険しさをも味わって

第2章　病室からの脱出

　ここに至っているのである。敗戦と貧乏生活が生きる根源であった。必死に生きるため、食わんがための故郷を離れての自立生活、田舎出の若者にとっては極めて過酷な世界であった。この時代をよくも、真面目に真剣に生き抜いてきたものよと、今考えるとこの時期の生き様が今をつくったと確信している。

　不条理な世界、理不尽な社会をよくぞ曲がらないで逞しく生き抜く事ができたものよと、改めて自分をほめてやりたい。その営みの中に、きびしい社会の中で生き抜くためには自己責任、自助努力で生き抜く事しかないという自覚が自然と身についていたものであったと思う。まず小さな身の回りの社会に信念を曲げず力強く生き抜くためには、強靭な身体と精神力が必要であった。ここから必然的に柔道の世界に本格的に入っていったのである。これが以降自分を鍛え、戦いに負けぬ精神力を身に付ける事ができたものと思っている。大阪の勤務先で柔道部を立ち上げ、茨城に転勤してからもそこでも同じように柔道部を作ったのである。ここから立場上の自分の責任と覚悟ができ上がり、果てる事のない学びの戦いが始まったのである。不条理な社会、理不尽な社会を生き抜くための最高の友となったのであった。"指導者"、"先生"という厳しい立場に身を置き常に学び成長する事を己自身に課したのである。それはそれは、困難な世界、辛く苦しい世界への突入でもあった。"敵は百万ありとて我独り行かん"の如く、必死の覚悟ができ、そのためには日々の厳しい際限のない学習が始まったのであった。教える事は学ぶ事の尽きない世界へと向かって、これが今や世界に広がりこの生き方、心情を共有でき得る仲間が宝となったのである。こういう柔道魂の生き方に自信と誇りを持てるようになった事は、柔道創始者である嘉納治五郎師範の生い立ちと生き方が大きく影響している。

　幼い頃から身体が小さく病弱で、よくイジメられていつも泣いて悔しい思いを18歳の若者になるまで持ち続けて、ある種の劣等感と言い

知れぬ悔しさがあったという事である。この幼少から多感の青春時代までの悔しく、悲しい想いがあったからこそ、身体的に強くなり精神的にも人に負けない自信をつけ生き方に誇れる世界を創るために、通常考えられない柔術の世界での厳しい修業に入り、柔道を創始したのである。したがって、ここに人生を強く、正しく生き抜く精神が生まれ、世界に通用する教育的人間道が生まれたのである。哲学とは世界と人間の関係のあり方の基本的原理を研究する学問であり、柔道はまさしく世界と人間の関係のあり方の原理を研究する学問であり、柔道は哲学なのである。1人の小さな営みが隣人とのより良き人間関係を生み出し、そこからより良い人間社会を創造し、これが世界平和に大きく貢献するという柔道理念である。これは今や柔道が世界の普遍的文化として普及し発展している事で証明されているのである。柔道は人間教育そのものであり人づくりなのである。

　今、私が幼児しつけ教育事業に日々忙しく走り回っているのはその原点だからである。これらはここから世界への普及に限りなく夢が広がる一方なのである。

　企業でも行政でも教育現場でもその中での常識は社会の非常識とよく言われる。自分はいずれでもそれら世界での考え方に執着しなかった。できなかった事がこういう自由な破天荒な生き方を創った要因でもあったのである。

　しかし、結局つまるところいつも目の前に子どもたちが居た事である。"子ども大好き""人間大好き"こそが全てであったのである、人生は難儀である。生きる限りこの難儀から逃れる事はできない。難儀から逃避する事は死ぬという事である。難儀から避難して死ぬ事ほどの反逆はない。天命のもと、この難儀を乗り越えて安らかに眠る事が即ち死なのである。最大の安らかなのである。安穏なのである。つながれた命、これからも難の厳しさを課しながら余命精進あるのみ。

　12：50　昼食を終えたところである。完食、朝食をつい先ほど食べ

第2章　病室からの脱出

たように思うがもう昼食となった。後半日で、この病院ホテル？　ともお別れとなる。ホントに長い病院ぐらしとなった。"戦いすんで、日が暮れて"、いよいよこの戦地から我が家への帰還である。うれしい。胸踊る思いである。

　21：55　夕食後、シャワーを浴びた。長い間のいろいろなでき事をも洗い清めて明日の退院の日を迎える準備を成した。8階ラウンジにて最後の想いのレポート書きをした。

　ベッドに戻ったら退院後の服用の薬が届いていた。

　Last Night！　Thank you so much！　Have a nice sleep！

〈8階ラウンジにて〉

　ついに最後の夜となった。長い入院生活、すっかり予定は狂ってしまったがいよいよ病院ホテル？　も今夜限りとなった。昨日と今日と特に異常もなし。傷口も痛みも特別問題はなかった。

　超一大事となった今回の入院手術、長くはなったもののこうして無事帰れる事になった。ありがたい事である。

　まずは"ありがとう"、"感謝"である。

　ひとつまちがえば命とりにもなったかもしれないのである。いろんな心配、不安の中での大手術であったが、病院関係者の皆さんのおかげでこうして無事帰還する事ができる。手術後の経過は順調であった。最後のドレーン菅の取り外しに2週間以上かかり、また、菅を抜いた後も4〜5日かかった。しかしここで、中途半端に"もうよし"として安易に帰ってしまっては大事になりかねない内容であった。また、病院側もベッドの稼働率向上のために帰る事を急がせる事もまったくなかった。

　完全に治ってからという当方の思い通りゆっくり治療させてもらった。想定外の長い入院となったが、当初の3週間ぐらいという予定が大幅に変わったので子育て支援、幼稚園授業も全て7月は全休にして

養生させてもらう事にした。多大な迷惑をおかけしたが、仕方がなかった。また、この分はしっかり返させていただくつもりである。その事を考えて今は完全に治す事に専念する。明日はいよいよ42日ぶりの我が家に帰れる事になる。今回の大事には、また、いろいろな思いがあり、特別な学びとなった。これまでの人生のあり方を振り返り、反省やら評価やら、まったく新しい発見もあった。

　幼い頃からのこれまでの人生、一貫して生きる哲学を発見する事ができたのであった。変わる事などない生き方の信念、哲学が、１つ１つの人生を積み上げてきたという事であった。

　ごまかしのきかない一徹者（いってつもの）"公明正大"で"ウソをつかない""負けない""弱い者をイジメない"人間としての生きる姿はちっとも変わらない一貫したものであったのであった。自らの努力で柔道で立ち、これが結局一生を変える事になるとは当時、考えも及ばぬ事であった。少年、青年の純真な純情な正義感は、決して、負けない強力なもの、行けばいくほどにこれが強くなっていったように思う。柔道で心身を自ら鍛える事によって、辛（つら）い事、苦しい事があればあるほどに、柔道に熱中して苦難、苦労、悩みのはけ口となっていったのである。安易な安住の地はなかったのである。全てが学び、学習でこれらを乗りこえてきたのであって、一貫した自助努力、自己責任のもと、自己実現を計るという生き方は幼少からの変わらぬ人生哲学であったのである。

　スポーツ、柔道、青少年育成、地域活動、国際交流をする中で、全てこの自分の力で生き抜く事が信念となって経済優先の拝金主義、勝利至上主義が自分の性に合わない世界という事が徹底した信念となり、強い決断のもと自信と誇りをもつようになっていった。

　したがってこの生き方に疑問を持つ事や良くない事とかおかしい事とはまったく思わなかった。物事の実現のためへりくだり媚を売る事は絶対にできない事である。そういう生き方はできないという信念が

第2章 病室からの脱出

あった。これは幼少の頃からの教え込まれたもので、死ななければ止まらない、止められないものとなっていったのである。迷う事はなかった。日本全国そして世界へとその思いと視野は広がりを見せ、まちがいのない人生を確信したのであった。たった一度の人生、世界の人々のくらし方、生き方を見て学んでますますその意を強くしていったのである。疑う気はまったくなかった。

　余計な事をやっているとか後ろめたい事とかそういう考え方は一切なかった。むしろ会社組織にしがみついている人などカゴの鳥で可愛そうに思えた。たった一つの生き方しかできない人、企業人は本当に不幸な事と思いその考え方は年を経るにしたがってますます強くなり自分の生き方に自信をもった。

　誇れるこの72年の人生をこれからいかに形にして残すかである。子育て支援、柔道文化、子育てしつけ教室、国際交流活動からすばらしい人生をつくるのにこの自分の体験から柔道の生かし方をもっともっと普及させたい。

"未来を奪われた子どもたち"

"夢と希望を絶たれた若者たち"を救うためにもこの自分の生き方を参考にして生かして欲しい。

　人間優先社会を見極める人の生き方、柔道教育が今、絶対に必要な時なのである。

　フランス、ドイツに見習うべきである。しかし、フランス、ドイツの柔道も真の柔道の哲学は残念ながら知らないのである。

　柔道の受け身から成る思いやりの心を正しく伝える必要がある。これまでの国際交流（60数回）はそういう面では十分な役割は果たせなかった。昨年のドイツセミナーはまさにその入り口

ひかり保育園柔道授業中
（神栖市）

であり今夏のフランス訪問はその一連のものとしての計画であった。フランスでも真の柔道哲学をそして日本の心を伝えたいものである。彼等への恩返しである。したがってこのつながった命はそれがためのものである。よくぞこれら痛快な生き方を考え、創りだし

ドイツ、エルツ柔道クラブとの交流

たものである。よくぞやってくれたもの。他人では絶対できない事。まさしく柔道が人をつくり人間教育そのものであり、人をつくり地域をつくり国をつくるのである。教育の原点がここにあり、日本再生の秘密、秘訣がここにある。

　これまでの人生から学んだ多くの事、そしてそれらを今後いかに生かすべきか、これからの生き方のヒントを得る事ができたと思う。

　また、一方では高齢化するばかりである。自分もいつかは行きつくであろう寝たきりや認知症痴呆症のシミュレーションでもあった。

　貴重な疑似体験の学習となったのである。社会から離れる事、閉ざされるという事はこういう事なのである。病人になったり、寝たきりになっては社会の一員としての営みが切られる事であり、現在のような諸活動ができなくなる事である。社会の営みから外れて何の生きる意味、価値があろう。したがって、この事を真に体験した事はまた、貴重な学習をしたのである。体験学習の42日間でそのノウハウを理解し身につけたのである。これをいかに活用し、生かすかである。いかに具現化できるかである。これからも社会の一員として何がしかの社会貢献ができるという事、この年齢になってなおさらその価値は大きいのである。

　とにかくこの42日間は宝となった。この宝をいかに生かすかで残り人生が決まる。「集大成」最後の生き様を大切に、ありがとうの42日、感謝の42日、病院ホテルありがとう。感謝である。されどもう二度と

第2章 病室からの脱出

来る事はないゾ！

7月18日(金)

　04：30　下腹部が張ってきて重い感じがする。いつも"ズキン、ズキン"と傷口が痛む事はないのであるが、この重苦しさは未だ取れない。家へ帰ってからの養生が続く事になる。

　東京の夜明けである。朝の来ない日はない。ついに退院の日の朝が来たのである。とても意味ある日の朝が来たのである。

　健康で元気な朝を迎える事は何とすばらしい事か。"おはよう"の元気な挨拶ができる事の幸せ、"ありがとう"である。

　06：24　結局昨夜も約２時間毎に目がさめてトイレに行った。この時間間隔のオシッコがクセになったようである。しかし、昨夜はそれなりに良く眠ったように思える。

　夜、H先生、M先生が最後の回診、そして今後の薬の服用、次回の検診等の話を聞いた。

　両先生、長い間お世話になりましてありがとうございました。

　また、ドイツの仲間からのお守りの２ヶの石をしっかり握りしめて感謝した。"ダンケ　シェーン"

　退院の今日の天気は曇天なり。

　06：35　この大手術、入院前、いろんな不安、心配、恐怖もあったが、終わり良ければ全て良し。

　手術も成功して、こうして元気に退院を迎える事ができたのである。未だ病人である。帰宅後の養生も大切である。日常生活に戻ると意外と安易に無理してしまうかもしれない。用心である。ほどほどにしながら頑張ろう？

　822号室からの退院の日の朝の眺望。病院のまわりには高級マンションが広がっている。渋谷のビル街も見える。遠くには六本木のビル街も見る事ができる。毎日この部屋からのこれらの眺望はいつ見て

も飽きない。美しい。しかしこれらともお別れである。
　08：43　最後の朝食となった。もちろんおいしくいただいた。長い間ありがとうである。食事前シャンプー、シャワー、ヒゲ剃りをして帰還準備完了。あとは荷物の整理だけである。
　ついに来たのだ。この日が。退院だ。
　やがて、水戸から娘夫婦が車で迎えに来る。
　感無量！　皆さんありがとうございました。

コラム⑤

①『"大丈夫"の生き方』
　富貴の誘惑にも　貧しさにも　負けず
　他人の脅しにも屈せず
　信条を貫く人を"大丈夫"というのである。

②『人の師たる道』
　学ばずして　どうして行動する事ができようか？
　考えないで　どうして　何かを得ることができようか？
　努力せよ！
　そうすれば人々の手本となれる。

③『運命の甘受』
　死と生、存と亡、困窮と栄達
　貧と富、賢と愚、毀と誉れ
　飢えと渇き、寒さと暑さ
　これは　みな　すべての人間の世界と現象の変化で　運命の現れなのだ。

④朝に道を聞かば　夕べに死すとも可なり。

第2章 病室からの脱出

コラム⑥

「人間になれない子どもたち」

　子どもたちは自分の生活環境を選べない。子ども自身には何の責任もない。明らかに大人たちの責任である。次の時代を担う子どもたちの生き難い、育ち難い、社会では未来はない。親や、大人たちがこの危機的環境をよく理解し、自覚してより早い時期子どもたちがより良く健やかにそして逞しく生きることができる環境をつくるべきである。今やまさに"未来を奪われた子どもたちである"。しかし、経済最優先でとどまるところを知らない、今の日本社会ではとても子どもたちの未来に明るい期待は持てそうにないのである。格差社会がさらに広がっていく中、貧困化し続ける家庭が増え、これが子どもたちを直撃しているのである。グローバル化がいっそう進行する中において、日本経済はさらにこういう環境に拍車をかけて改善するどころか悪化が加速する心配がある。少子高齢化社会は地域の崩壊が危ぶまれている。限界集落が今や限界市町の出現が言われるようになって来たのである。

　縁があって、NPO法人を立ち上げた事で行政から児童クラブの受託の話が舞い込んできて、今、三つの学校の児童クラブと放課後子ども事業を運営している。大きな社会変化の中で、これまでの歴史になかった世界が構築されているのである。その現場は学校の空教室を利用する形で設備的には非常に貧困な状況にある。ここに預けられる子どもたちは学校が終わっても父母が仕事に出ているため、家に帰れず児童クラブを第2の家庭としてここで生活しているのである。この現場の実体を見るにつけ、家庭、学校、地域社会のあり方の変容に驚くと共に、この現状は将来への大きな不安を抱かざるを得ない状況なのである。

　しかし、昨今の社会の仕組みを考えると、この状況はもっと深刻になっていくように思える。近い将来には現在のこの社会環境ではなくてはならないとても大切な公共施設になっていくものと予想している。

　したがって、長い間子どもたちに向き合って来た者として、放っておく訳にはいかず、雇用した多くの指導員と協力して次の時代を担う新しい子育て施設としての存在価値を高め、父母にも、もちろん子どもたちにとってより良い生活の場をつくり上げたいと強く願っているところである。スポーツ活動や柔道教育、さらに国際交流による人づくり、子育て支援活動にプラスこの児童クラブの育成もとても重要で大切な仕事となってきている。家庭、学校、地域のピンチを救う存在として、あるいはこの3つの関係の新しい連帯を創り出す機能を果たす施設として歴史的使命を果たしたいと願っているのである。

　"未来を奪われた子どもたち"、"夢と希望を持てない若者たち"の流れを絶ち切る社会出現を強く願いながら、今、できることに精進するのみである。ここにも責任と覚悟があるのである。

第3章

新しい年へ向けて、再びの闘い

第3章　新しい年へ向けて、再びの闘い

10月30日(木)　再手術

　一体どうなっていくんだろう。6月の大手術成功で安心し、リハビリも進んで2〜3日前から腹筋にも挑戦しできるようになってきたのにまた手術する事態となった。この手術後の検査で大腸の手術をした跡に不審な影があるというのである。再検査したところ、また肝臓に新しいガンが発生していると言うのだ。手術する事が良いとM先生が言う。したがって、また、入院手術する事にした。何でまた？　である。あの大手術でいっしょに除去できなかったのか？　と。事前検査の時は発症していなかったという事か？　それにしても身体が可哀そうである。

　やっと回復してきたのに……。しばらく様子を見たら消える事もあるのでは？　とも言ってみたがさらにこれが次への飛び火の源となるので早く除去すべきとM先生が言う。仕方がない。言われた通り、したがって手術する事を覚悟した。妻と次男が立合ってくれた（長男はアメリカに出張中）。

　やはり、こうしてどんどん飛び火してそのうちに手がつけられなくなって末期ガン化するのであろうか？　今も痛いとか苦しいとか食欲がないとか体調がすぐれないというような自覚症状はまったくなし。

11月16日(日)　終わりのない闘い？

　また入院、手術する事になった。"もういいかげんにしてくれ"と言いたい。2011年2月の大腸ポリープ切除（内視鏡による）から3年、今年6月11日大腸と肝臓にガンが転移しているという事で10時間の手術をした。この大手術。完全復活を期してもう完治と思っていたのに。そう間もないうちに、また肝臓に新しくガンが発症しているという。"何で6月にいっぺんにやらなかった"と思う。こう度々起こってくると不審と共にこんなに"やっかい"なのかと不安とあきらめが起こっ

てくる。ドクターに半年〜1年放っていたら自然治癒するからと半分冗談で言ったのであるが、一刻も早く切除すべしとM先生が言う。仕方がない。従うしかない。

11月23日(日) 見えてきたもの

　いろんな事が人生72年になってわかってきたような気がする。子育て支援しつけ教育の幼稚園授業と、子育て支援しつけ教育柔道のクラブ指導はまさにそれである。

　また、週1回の「百年望」と「北浦柔道クラブ」の活動もその具現化の1つである。もちろん「試合」を日頃の練習の『試し合い』の場として活用するという日常の活動内容はまさしくこの内容である。
　幼稚園とクラブの活動には試合は殆んどない。
　また、百年望、北浦クラブも週1回の活動であるため勝利優先はなく日毎の練習がしつけ教育そのものなのである。勝利至上主義はここにはない。
　子どもたちは柔道の理念に沿って懸命に努力している。これら取り組みが人間力の向上につながっているのである。練習量が少ないがしかし、この短時間の練習は非常に効果的である。この事からやっと真の柔道の存在、あり方が理解されて日常生活に密着した活動として評判となっている。
　日常生活に生きる柔道なのである。この営みが柔道の基本的な姿であり幼児期から楽しく面白く始めて青少年育成に有効なのである。
　中学必修化武道―柔道―の実践もまさしくその本質であると思う。
　人間生きている限り柔道の実践がある。辛さに向かっていく挑戦魂が柔道理念なのである。柔道を日常生活に生かして初めて真の柔道になるのである。

第3章 新しい年へ向けて、再びの闘い

コラム⑦

「柔道の基本は受身」「柔道も人生も哲学」

　柔道は人間が人間を投げ飛ばすという非常に危険なスポーツである。しかしこの受身ができるようになると自分の身を安全に守る事ができるのである。したがって最も危険であるはずの柔道が極めて安全になるのである。

　これはまことに不思議な事でまるで魔法である。このように柔道は意外な面を持っているのである。さらに「柔道は負ける練習」であるとも言う。"何で？""どうして？"となり哲学のように思える。そうなのだ。柔道は哲学なのである。さすれば『哲学』とはなんぞや？

　哲学とは『世界と人間との関係の原理を研究する学問』なのである。まさしく柔道は哲学であり柔道する人は哲学者なのである。philosophy、philosopherなのである。このように柔道はただ単に人を投げ、勝った負けたの単純なものではないのである。柔道を通して「世界と人間との関係の原理を研究し学ぶもので目の前の勝負にこだわるという偏狭なものではなく人間の生きる事世界のあり方を学び研究するという壮大な世界なのである。

　柔道の受け身をすることは、人前でぶざまに投げられること、負けること、恥をかく事なのである。しかし、この柔道の哲学から多くの事を学び人間教育、人づくりに生かすことが柔道の真の姿なのである。

　千日の練習を「鍛」と言い、万日の練習を「錬」といい、ここに鍛錬の意味があり、日々これに向かって活動を積み上げることが柔道の「修業」であり、日々の身のこなし方1つ1つが"行"なのである。休まないでコツコツの努力を継続すること。ガマン、しんぼうして心身を鍛えること、日々の活動の中に"礼"、"尊敬"、"謙虚"、"感謝"を学び共に努力する事と友情を育みいかなる苦難に立ち向かっていく勇気を養う事が"行"でありこれが柔道となるのである。日々のこれら営みは人生の縮図となり、いろいろなシミュレーションを経験して後々の人生に活かしていくのが柔道なのである。"人生は重き荷物を背負って歩くが如し"で人生は戦いの場である。人生は楽しい事、うれしい事ばかりではい。辛い事、悲しい事が多いのが日常なのである。投げられ負けて恥をかき、失敗することが多いのである。しかし柔道の哲学で学びとった"心"でこれらを乗りこえくじけない力をつくり出していくのである。人は失敗し笑われて強くなるのである。

人はそれぞれに人に言い知れぬ辛苦があるものだ。時には皮をはぎ肉を切り骨を削る思いをしながら人生を築き上げた人が大勢いるのである。さらにこれだけではない、命まで削って生き抜き"行"を積み上げてひとつの人生を紡ぎ上げていくのである。そこには気づかずとも自然とこの柔道の心が大きく作用しているはずである。柔道は人生そのものなのである。柔道が世界中の人々に愛され実践されているのはまさしくこの柔道の心があるからである。この世界に誇る普遍的文化価値を持つ日本発祥の柔道が今こそ必要な時である。
　柔道の三宝
　1）柔道
　2）柔道の理念
　3）柔道の心を指導する人、指導者、伝道師、宣教師
　この三宝こそが今こそ世界に貢献する時なのだ。世界と人間の関係を研究する学問、それが柔道そのものなのである。

11月24日(月)　自分の生き方

　たとえ自分が損をする事がわかっていても、自分の生き方、信念を曲げて選択するという事はしなかった。そこに苦労や困難がある事がわかっていても、悩みながらも苦労し、困難があるであろうそちらの道を進んだ。そこには媚び、へつらい、損得勘定するようなひきょうなふるまいはなかったのである。

　そこにはいつも自分をためす、フロンティアスピリットがあったのだと思う。それがやりきれないのならそれだけの者、自分の責任で自分を始末するという覚悟があった。

　困難、苦労に向かっていく事が自分を鍛える道、修行と心得てあえて選択した柔道指導、青少年育成、国際交流とスポーツ少年団活動、次から次へと高いレベル、新しい世界へ挑戦していった。これは指導者としてチームリーダーとしての責任を課すため、自分の責任の重みを自覚するためのものでもあった。これらができない自分はそれだけ

第3章 新しい年へ向けて、再びの闘い

のもの消え去るのみと覚悟し尽きる事のない挑戦と学習があった。思案思索し苦労して勤めを果たしてきたつもりである。そこにはいつでも責任を取るという必死の覚悟があった。

　酒、タバコ、パチンコ、マージャン、囲碁、将棋、ゴルフなどやる時間が惜しくていつも走る事や種々のトレーニングをやって、読書や研究に明けくれた人生であった。

　『思案、思索する哲学人生が今をつくった』
　『人生では柔道の修行が人生哲学となった』
　『生き方の基本は幼い時の親の教え、生き方があった』
　『愚直で不器用な生き方』
　『時代おくれのこっとう品的な生き方』
　『損得勘定ができない生き方』
　『苦労する事、苦難がある事が自分の道と心得てきた人生』
　『いつも、何事でも自分の修行と心得、逃げる事は生きている限りできない人生』
　『しかし結局は子ども大好き、人間大好きの人間愛が根底にあった生き方』
　『何事も全力投球手抜きは許せないという強固な意志があった』
　『先生と呼ばれたひと言が人生を創出してくれた』

　思索、思案、思考する思想的な生き方にはいつも哲学があった

　その当時の静かな熱血青少年の心を根底から強烈に揺さぶり動かすものとなったのであった。真面目に地道にコツコツと懸命に生きてきた青年にこの"先生"と呼ばれる世界は、それまでに想像もした事のないまったく別世界のものであった。考えれば考えるほどに凄い内容

ですばらしい仕事である事を知る事になったのである。柔道の指導者であり子どもたちにとっては憧れの柔道の先生なのである。そして決断したのである。"よしッ"やるからには、この子どもたちのために誰にも負けない立派な指導者、先生になろうと決心したのであった。

　これからは何事も勉強だ、精いっぱい学び努力しようと誓ったのである。教えを乞う、学びたいためには、たとえ夜の夜中だろうが、地の果てにまでだろうがという強いそして尽きない欲求が広がっていったのであった。目の前の子どもたちのためにと思う気持ちは際限のないものとなりここにまず最初の「責任と覚悟」が自然の成り行きの中に生まれたのである。その想いを成し遂げるためのこの「責任と覚悟」はその前に立ちはだかるいかなる艱難辛苦もこの新しい夢と希望と勇気にすりかえられていったのであった。この子どもたちのためならばたとえ"火の中、水の中"のいかなる困難にも、決して負けない信念ができ上がっていったのである。まさか職業ではあるまいし狂気じみたこの取り組みは道なきところに道をつくる仕事となった。純真で真っ白な心の子どもたちの前に立つと自然に気合が入ってきた。いつも不条理な世界、理不尽な社会のあり様に苦労、苦悩していた若者にとって大人として堂々と真っ直ぐに胸をはって生きるすばらしい世界を手に入れる事ができたのであった。"この道が俺の道"これしかないの想いとなった。まさしく"三十にして立つ"であった。十有五にして学ぶ喜びを知った若者への最高の出合いの場となったのであった。しかしこの出合いは終わる事のない永い道のりとなり果てしない闘いが待ち受けていたのであった。この子どもたちとの日々の柔道の練習は、毎週水、金、土曜日の夕方、5時から7時まで行った。これがほとんど1年間通して実施されるのである。

　私がこの練習に遅れる事、休む事は絶対にあり得ない事であった。例えば会社の出張がある場合にはこの練習の日を避けるようにしたものであった。また、職場の慰安旅行も可能な限り欠席したのであっ

97

第3章　新しい年へ向けて、再びの闘い

た。これはバス１台に乗り、酒や飲み食いをしながら職場内の親睦をはかる目的なのであるが、私にとってこれほど時間のもったいない事はなかった。柔道の練習は私がいないと大変な事になるがこの慰安旅行は私が居ても居なくても一向に構わない世界なのである。また、たとえ風邪で仕事を休み寝込んでいたとしても時間になるとノコノコと練習に行ったものである。かくの如く日々の私の生活はこの少年柔道で回っていたのであった。

　日々どんな事があっても１分１秒の実践活動を積み上げるという絶対的ノルマ勤めを課してきた。このすさまじいスケジュールが毎週毎月でそしてこれが１年、５年、10年、20年、30年、40年と連ながってきているのである。気の遠くなるような世界であった。こんな事をよくぞ続けてきたものよと我ながら感心する。本当にバカのひとつ覚えのようなものである。

　私のこれら営みをするなかで私の『生きる信条』『闘う信条』が生まれ出てきたのである。『媚びない。群れない。揺るがない。絶ゆまない』という私の生き抜く強靭な心となったのである。

　少年柔道のこれまでの42年の活動の足跡がこれである。

　10周年のスローガン

　"強く、正しく、大きく伸びよう"

　20周年のスローガン

　"鹿嶋っ子、飛び出せ、羽ばたけ、世界の大空へ"

　30周年のスローガン

　"人のため、地域のため、立て、行け、走れ"

　40周年のスローガン

　"礼をわきまえ、恥を知り、恩を忘れない"

　折れない心が鍛え上げられていったのである。この間幾度泣いた事か、皮をはぎ、肉を切り、骨を削る思いをしながら、ただただひたすら前へ前へと向かった。柔道による国際交流（63回）は、その典型的

な闘いの場であり、ここから何者にも負けない自信と誇りの学習があった。

これらを乗り越えて『林住期』、次なる新たな学習の場をと期待していたら今度はこれに命を削る闘いが飛び込んできたのである。何という事だ。どこまでイジメれば気がすむんだと怒り狂う毎日である。

夢と希望があると、いかなる苦労、敵にも決して負けないという不屈の闘志には自信があった。

不条理、理不尽な社会の現実にはこれ以上の底はないよというような一種貧乏人の"居直り"の"悟り"があった。"これが常よ"という開き直りがあった。

"憂き事のなおこの上に積まれかし限りある身の力試さん"
"花の命は短くて苦しき事のみ多かりき"
"ソ連抑留者の酷寒での苦しみ"
"ハンセン病患者の非道な扱いとその生き方"

"庭石を握りつぶした手から血がにじむ赤穂浪士の塗炭の苦しみ"は"何の、これしき"と絶対に"負けない"、"根を上げない"、"生き様を教えてくれたのであった。

"安易な道を選ぶな"、"近道をするな"、"若い時の苦労は買ってでもしろ"の叱咤激励はかけがえのない応援歌となった。ここからいつも黙って苦労の道を選んできた。この方が自分には似合うのであった。"人生とは重き荷物を背負って歩くが如し"が人生の常道と心得た。これに加えて「人生訓」と"負ける練習"は私にとって生きる恩人となったのであった。

今、この事を思うと「柔道」があったからこそ弱音を吐かず、折れずにここまで背負い続けて来られたのではないかと思っている。私にとってはこの毎日そして1分1秒が真剣勝負であり私の「行」であったのである。"仏法僧"の"柔道、理念、指導者"が私の人生修行の道となったのであった。柔道という壮大なスケールとその文化価値の

第3章　新しい年へ向けて、再びの闘い

奥深さに"これでヨシ"という事はあり得ない世界に魅せられて今日も精進しているのである。

「柔道人」「柔道家」「柔道実践者」「柔道研究者」として柔道を哲学する毎日なのである。

「哲学とは、世界と人間の関係の原理を研究する学問である」

「柔道とは、世界と人間の関係の原理を研究する学問である」

すなわち、哲学＝柔道なのである。柔道の基本は受身である。柔道の受身は全ての基本である。

柔道はころぶ練習、人の前でぶざまな姿をさらす練習、負ける練習です。まさしく柔道は人間づくり、人づくりなのだ。柔道をする人はみんな哲学者なのだ。考える人、思索する人、思想する人、いつも勉強、学習する人、それが柔道人である。私はこれからが真の勉強、学習なのである。楽しい学びが尽きない。

勝った、1回戦、そして入賞、優勝した。

地域で、県で、全国で、世界で、……。

しかしこれらは一瞬のでき事でしかない。100の中の4〜5％ぐらいの1つのでき事で人間修業には他のいろいろな人間として必要な大事な要素があるのである。世界でも勝利した人、敗者が居る。敗者としても決して恥じる事ではない。それぞれにそれをいかに生かすかが修業なのである。地域のレベルでも世界のレベルでもこれらを生かして、これを人生にいかに生かすかが人の生きる目的であり己を高める修業なのである。油断で"グッドルーザー"であれ。

多くの人々がこれを見誤ってとんでもない事をしでかし失敗する。一時の一瞬油断でチャンピオンが長い人生をだいなしにする人も少なくない。人生を破滅に追い込んでいく悲劇がいかに多い事か。

上に行けば行くほど責任と覚悟が必要となってくる。重くなっていく。この重さと比例して人間形成のチャンスが増していくのである。

この重さとは柔道の練習をいかに沢山積み上げたかになる。『積善の功』なり。
　しかし日本では、これが生かされていない。指導する事ができていないからである。
　柔道の哲学が存在していていないからである。
　師範の教えが生かされず逆の方向に大きくズレ込んでしまったのである。
　このズレ込んだ歪みが、元に戻る反動の大地震を必ず起こすであろう。必然なり。
　今こそこの哲学柔道を再生すべき時である。
　この事が、これこそまさしく柔道が"文化"になり得るキーポイント、ターニングポイントである。
　勝った事で謙虚を知らない。イバる。慢心する。横柄になる。
　苦難に立ち向かう気概を忘れる。
　常に自分をへりくだって地道に謙虚に修業すべきである。勝利後の生き方が勝負なのである。人生の勝利者を目指して人間形成、人格向上に向けての学習、修業があるのである。
　むしろこれが真の柔道の人間力の発揮のしどころである。勝利者としてのそれまでの艱難辛苦をより良く生かす事が真の勝利者である。修業者である。そういう人は仏様と呼ばれるようになるのである。

11月27日(木)　柔道人は哲学者也

　人間とはなんぞや？
　世界とはなんぞや？
　何で生きるのか？
　俺は何で生きてこれたのだろう？
　俺は何で柔道やっているんだろう？
　何で、何のために毎日汗をかき歯をくいしばって努力、鍛錬してい

第3章 新しい年へ向けて、再びの闘い

るのだろうか？

　それぞれの事をいつもよく考える事である。こうして正直に真剣に思索する事、思想する事はとても大切な事である。よく考え、よく行動するという事は、よく学び、活動するという事なのである。「文武両道」とはこういう事である。何も難しい事ではない。みんながいつも常に考えている事である。日々、みんなが当たり前のように普通に考えて、行動している事そのものなのである。

　みんな、誰もが意識していないがこれは哲学している事なのだ。

　柔道は「世界と個の関係の原理を研究する学問」そのものなのである。

　この柔道を創設したのは嘉納治五郎という人である。このすばらしい理念の柔道を日本だけでなく世界に広めた人がこの嘉納師範なのである。したがって世界的に偉大な思索家、思想家、哲学者という事である。この理念を日々教えてもらい学ぶ事ができる我々は何とすばらしい事、幸せな事であろう。柔道とは柔道の原理は「自己の栄えのみを目的とせずお互いに助け合い譲り合い融和協調して、共に栄える事を目指す」ものなのである。そしてこれが世界平和に貢献しているのである。この理念、精神が柔道で組み合う２人からクラブの全員へそして地域へ、日本中へ、さらに世界に拡大していっているのである。たとえ、イジメ合っているなかでもこの柔道のボディコンタクトをすると全て解決するのである。何と凄い事、すばらしい事であろう。柔道とはこういうものなのである。柔道家はその実践者であって世界平和貢献者なのである。

　柔道バンザイである、柔道人バンザイである。

　しかしこれまではなかなかこの考え方、生かし方がうまく活用されず偏った狭い独善排他的な営みがなされていて長い間不幸な時代が続いていたのである。このところ日本社会は大きな変化を続けて多様な価値社会となってきてむしろ混乱低迷している状況が見られるように

なってきた。
　そういう中でスポーツの価値が見直され、フェアプレイやスポーツマンシップの精神が社会でクローズアップされてくるようになってきたのである。スポーツマンシップは柔道理念そのものである。
　こういう大きな社会変化のなかにあって今こそ真の柔道のあり方が渇望されるようになってきているのである。今こそ柔道理念、柔道哲学がその真価を発揮し幼児から社会人そして老人までその実践者として仲間に地域とそして日本中にさらに世界中に貢献する時がやってきたのである。
　"柔道人よ目をさませ、立ち上がれ、行け走れ！"
　－死んでたまるか－
　『地獄からの帰還』
　"負けないぞ"
　(負けてなるものか)
　"媚びず、群れず、揺るがない人生"
　"転んでもただでは起きぬ受身人生"
　"生かされ生きられる限り命果てるまで"
　"まだ生きる" "まだ生きられる"
　"人の人生　生老病死の一切苦なり"
　"重い荷物を背負って歩くが如し"
　"雑草という名もない草の１つの存在でしかない我が人生これも人生なり"
　"G線上のアリアならぬ死線上のカリヤとなりにけり"

12月7日(日)　2回目の手術へ出発

　"行きたくないなあ" "イヤだなあ" と思いながらまた、病院に来た。もう二度と来る事はないであろうと確信していたのに。10時間もかけて大腸と肝臓の大手術の苦労をしたのだからもう完治だと信じていた

第3章　新しい年へ向けて、再びの闘い

のに。こうしてまた、「地獄からの脱出パートⅡ」が始まってしまったのである。未だ半年も経っていないのに再発するとはまったくの想定外の事であった。医師にしばらく1年ぐらい様子を見たらどうですか？　と質問したがこうして新しく転移した場合には、いち早く切除した方がいい。速やかに切除すべしと言う。医師の進めに従い"出たとこ勝負"と決め再び挑戦する事にした。とても残念だ。またしても諸活動が全面的にストップだ。悔しい。今は医療技術の進歩に委ねるしかない。やるべき事をやって定め裁きを待つしかない。この転移の出現と切除との追っかけっこになる。どっちが勝つかだ。最後の勝利を目指して。

　07：08　快晴　市役所前から高速バスで出発、途中、渋滞に逢う事もなく予定通り10時頃に病院へ着いた。またしてもこういう形でこの病院へ着いた。またしてもこういう形でこの病院に再入院するハメになった。

　8階の820号室へ入って右側の廊下側のベッドの人となる。前回経験済みでもう慣れたものである。初めての時のような余計な心配や不安はない。あきらめというか、来るものが来たのだという覚悟がある

　16：50　ナース来室

　これから貯尿が始まる。明日の予定、

　1）ICGテスト　①注射する　②5分後に採血

　　　さらに　③10分後15分後に採血

　夕食後絶食となる。21時以降水もお茶もダメ、明日の検査終了まで飲食禁止になる。20時までにトイレを済ませベッドに安静にしておく事。

　2）胸部、CT検査（撮影）

　3）心電図検査

12月8日(月) 氷川神社へのお参り

　今日は快晴、すばらしい天候となった。
　風もなく静かな気持の良い1日となった。いつも渋谷駅からのバスの車窓から眺めていた氷川神社に手術前の体力増強を兼ねて立ち寄った。手術の安全、成功を祈願して参拝してきた。イチョウが真黄色に染まっていた。神社の階段を数回昇り降りしてきた。"お参りする事は生きる事を真剣に考えている事である"という立て札があった。
　下の方に降りて行くと公園の中に立派な土俵があった。祭りに相撲大会が開催されているようである。
　イチョウの落葉の広場で子どもたちが遊んでいた。親子連れも多く見られた。常連のようである。周囲を散策しながら近づく手術本番に備えた。

　"新しい朝が来た""希望の朝なのだ"新しいガンをやっつける闘いの始まりなのだ。
　喜びと感謝の朝だ。8階のラウンジから渋谷のビル街をやわらかな、朝日が照らし出している。入院2日目の朝、良い天気となった。今日から手術前の各種検査が始まる。今夜21時から飲食を絶って朝8時からの検査を待つ。
　72年の人生。艱難辛苦の人生であった。金にも出世にもまったく縁のない人生であった。
　愚直で不器用な生き方は人知れずいろんな苦労、余計な労苦を背負い込んできた人生であった。"安易な道を選ぶな"、"近道をするな"、"人生は重い荷物を背負って歩くがごとし"と常に言い聞かせて生き抜いてきた。"皮をはぎ、肉を切り、骨を削る想い"の戦いの人生であった。
　そして今、また、命を削る戦いの真最中となったのである。
　"若い時の苦労は買ってでもせよ"とは良く言ったものだと得心し

第3章　新しい年へ向けて、再びの闘い

ているがこの年になってまた、死ぬか生きるかの戦いが来るとは何と天の定めのむごい事か。死ぬか生きるかを選択しろという事なのであろうか。

　もちろん死んでたまるかである。"憂き事のなおこの上に積もれかし限りある身の力試さん"荒波荒海があった。"新しい物の見方、考え方"の青春時代のこの言葉が限りない学習と挑戦という夢と勇気を与えてくれた。いろんな苦労があったからこそ今がある。"ピンチがチャンス"の実践が次の戦いへの限りない勇気を与えてくれた。辛く苦しい事態になるたびごとに助けられた人の存在のありがたさが身にしみてわかってくるようになってきた。"天は見捨てず必ず見ているんだ"が信念となってきた。極限時の人との出会いが勇気を与えてくれた。苦労が大きければ大きいほどにそれが大なる事を学ぶ事ができた。

　どんな苦労、困難があろうとも向かっていく勇気が湧いてきた。困難の向うには光がありそれが大なるほどに必ず得るもの大なりを体得してきた。たとえ転んでもただでは起きぬ生き方を身につける事ができた。"たかがポリープ"が本格的なガン患者となってしまった。これが定めなら受けて立つしかない。"媚びず、群れず、絶ゆまず"の活動信条と"礼をわきまえ恥を知り恩を忘れない"の生きる信念は永久不変である。

　今日から手術への戦闘モードとなる。8時過ぎにICG採血、5分毎に3回採血した。

　これは肝臓の状態をチェックするもの。

　その後1階に下りてCT撮影検査、次に2階に上って心電図検査。これが終わって820号室へ戻る。おそい朝食をとる。

　食パン2枚に牛乳、バター、チーズ、これに菓物としてブドウが6粒。

　朝食後「カナマイシンカプセル」2錠と「ピアーレシロップ」65％を小さなコップに入れて飲む。早速効果が出てきて、続けて3回排便。

これは前回と同じで胃腸を空っぽにするためのものである。カナマイシンカプセルは感染の原因となる腸内細菌を殺すためのもの。ピアーレシロップは腸内のアンモニアの吸収や生成を抑えるためのもの、血中のアンモニアを下げるため、また、便を軟らかくする作用もある。

　夕方、仕事帰りの長男が見舞いに寄ってくれた。グランドスラム東京大会の運営と外国人選手の対応で事前準備からそして5日㈮6日㈯7日㈪の大会本番と超多忙であったであろう、すっかり疲れ切った顔をしていた。かなりの苦労があったであろう。ホントウに"ご苦労さん"。大会前から昨日まで後楽園ホテル住いで家に帰っていなかったので早く息子2人の顔が見たかっただろうにこっちを先に見舞ってくれた。"ありがとう"。講道館と全柔連の関係でいろいろと気苦労がある事を悩んでいた。しかし職務柄、今しっかり精励するしかない。講道館にとっては今、国内のみならず、世界柔道の関係でもかつてなかった重要な取り組みをしている。この重要な時期での国際部の一員としての重責は言葉で言い尽くせない内容があるものと推察できる。館長を支える立場として国際柔道連盟及び世界各国の柔道連盟とのより良い関係を創りだす事は、嘉納師範の偉業を復活再生する歴史的重要な仕事である。誠実に謙虚に勇気をもってこの重責を果して欲しいと切に、願うものである。今や我が息子がこの重大事にその職務にあたる事に大きな驚きを感じると共に大きな誇りと喜びを覚える。
　"凄いぞ"、"ガンバレ　力"である。
　田舎でこの柔道の普及、発展に自分なりに人知れず苦労しながらこの42年間頑張ってきたつもりであるが我が息子はこれを1年でやってしまったようなものである。気が抜ける思いがする。今年はほとんど毎月、館長のお伴をして海外の柔道行事に出かけた。まさかこんな立場になろうとは予想もつかない事であった。息子も人知れず講道館、全柔連という日本いや、世界の柔道界の本家、中心としての役割とそ

第3章　新しい年へ向けて、再びの闘い

の活動に努力しているのであるがその内実は想像を絶するスケールの大きさと内容があると推察できる。よくぞ、耐え苦労しながらもその役割、職務をこなしてきた事か……。本当に凄い事である。鹿嶋の田舎で小学1年生から始まった教え子である我が息子。こんな立場で仕事をする事ができるようになるとは夢のようなでき事である。柔道のメッカである講道館の存在は通常、我々田舎柔道人にとっては手の届かない遠い存在であったのに……。

　縁と運の不思議な事に驚くと共にその恩恵にはただただ感謝感謝である。ありがたい事である。

　19：50　先ほどH先生が見えて、今日の検査で肺にも影が出ているという。肝臓といっしょに切除した方がいいと言う。もちろんお腹を切り開くのであるから、ついでに切除して欲しい旨伝えた。しかし、どんどんこうして他の部所へ転移していくのだという事を実感して、ガンとは本当に恐ろしいものである。"チクショウ"である。この"ガン野郎"である。ホンモノのガン患者になってしまったのである。際限のない戦いとなってきた。いつどこに転移発症してくるか予想がつかなくなってきたという事である。

　長期戦を覚悟するしかない。残念無念である"ナンデこうなるの"である。泥沼化していく様相となってきた。そんな運命が待ち受けているとは……。悲愴な覚悟である。

12月9日(火)　今日も快晴なり

　また"新しい朝が来た"。"希望の朝"を迎える事ができたのである。
　今日は改めて肺への転移をMRIで検査する事になった。明日の手術に備えて今日はいろいろな準備で忙しくなる。
　体調は良好、しかし手術に備えて腸内をコントロールするための薬、カナマイシンカプセルとピアーレシロップを服用し始めてから、下痢が始まり、しょっ中トイレに行く。お腹は空っぽである。今朝の体重

は63kg思ったほど体重減はない。もう下剤は要らないくらいである。しかし今日の午後からさらに下剤を飲む事になる。

　午前中にお腹の切開部の毛の剃り落としや、ヒゲ剃りシャワーがある。今夜から食物飲物禁止となる。今は、ひたすら手術の成功を祈るしかない。覚悟はできている。

　ガンに克つまではあきらめない。戦い抜くんだ。生き抜くんだ。負けるもんか。

　夕方、担当医師のＨ先生から家族と明日の手術の内容についての説明を受けた。肝臓の転移部１ヶ所（約1cm近い大きさ）、そして直ぐ近くの肺にも小さなガンが見えるので、これをいっしょに切除する事になった。予定より手術日が遅れた事によってこの肺のガンを発見し得たのである。すぐ近くなので明日の手術で同時に切除できるという。今はラッキーと思うしかない。開腹部は前回の肝臓用の開腹部位を少し横に長くするくらいで切除できるという説明であった。もし開腹して他にもガンが見つかったらいっしょに切除してもらうよう頼んだ。大腸が源のこの転移であるが、今回大腸には新しいガンは見つかっていない。こうして新しく発症した部位を早目に切除していけば取りきる事に繋がって、退治できる方向にいくという説明であった。今後も新しく転移する事は十分に予想し得るが、これからも早期発見、早期切除する事がベストポリシーである。２度ある事は３度あり、３度ある事は４度あると覚悟するしかない。ガンとの長い付き合いになりそうである。今回は前回の半分ぐらいの時間で終わる見込みと言う。また、回復も２週間ぐらいの予定という。ありがたい。リハビリにも頑張り一日も早い快復を期待したい。部位からしてドレーンも前回より少ないと見られる。

　手術前夜、前回の経験があり先が読めるので余計な心配、不安はない。ただし万が一のアクシデント、リスクも想定して手術本番に"イ

第3章　新しい年へ向けて、再びの闘い

ザ挑戦"だ。
　"成功を祈って"、今"体調は良好なり""イザ勝負だ"

　夕方首に点滴用の管を取り付けテープで固定した。いっぺんに首の自由が奪われ病人になってしまった。
　昼から下剤も飲んでどんどん排出している。今夜は食事なし。水分も21時以降禁止である。明日、手術決行。肝臓だけでなく肺の手術も加わったが結果として同時に切除できる事はラッキーであると思う。
　後日に肺部を発見し、改めて後日続けて手術するという事態を未然に防げた事になったのである。もう覚悟はしている。"サアーいつでも来い"、"イザ勝負"の心境である
　明朝08：30　手術室へ、明日の手術のトップバッターとなった。

12月10日(水)　手術本番

　いよいよ、2回目の手術日がやって来た。外は今日も良い天気である。また、"新しい朝が来た"。"希望の朝だ"。今日の手術でまた、新しい希望が湧いてくるのだ。8時30分"イザ出陣"である。諸々の準備と心の準備は前回経験済み。余計な不安、心配はない。昨夕のH先生からの説明で家族も納得し、今日の手術に挑む事になった。
　体温36.0℃、体重63.1kg、血圧130、80と順調である。下剤が効いて今、まったく何も出ない。ガスすら出ない。お腹がグツ、グツ、グー、グー鳴っている。鳴いている。入院当日からのカナマイシンカプセルとピアーレシロップの胃腸の整調薬で結構下痢症状で排出していたのに、さらに前日の本格的下剤のマグコロールPと2回目のセンナリド錠で完全に効いた。昨夜から何も排出してない。
　長期戦の2回戦と位置づけ1戦1戦、必勝作戦だ。最後の勝利を目指す戦略のもと今、目の前の敵に勝つ事である。
　昨夕のH先生の説明の通り、出たとこ勝負の早期発見、早期切除す

るのがベストポリシーである。
　今後もこういう事態が連続する事を予想して日常生活を過ごす事になる。これまで以上に日々の生活を、生き方を真剣にそして大切にする事である。今を大切に貴重なものとする事である。いつものように"永遠に生きるが如く学び、明日死ぬかのように生きる"事である。
　"マナ板の鯉、ここにあり" "全ては　おまかせである"

　病室で手術衣に着替えて車イスへ。ナースに車イスを押されて４階の手術室へ。
　手術室へ入って１番目のベッドに案内された。手術室はだだっ広い冷たい部屋である。まるで屠殺場みたいである。ベッドがNo.1からいくつも並んでいる。ここから再生する人、あるいはできない人もいるのであろう。もっと明るい温かい雰囲気は、つくれないのであろうか？ 前回経験済ではあるが決して気持の良いところではない。二度と来るところではない。

　12月８日の夕食以降10日の手術日そしてICU室での２泊３日はまったく食事をしなかったのである。点滴だけの生活であった。何と食事のない１日とはしまりのない１日であろう。
　朝、昼、夜とごく当たり前のように食事しているものがまったくないという事は、１日のリズムがつくれないのである。朝食を食べたら、今日も１日が始まるぞという気合が入り、昼を食べると、よしあと残り半日頑張ろうとなり、夕食が終わると今日もよくぞ無事に努め上げたものよとなり、１日のサイクルが終わり、心身共に満足しながらクールダウンしていくのである。食事をとらないと時間の感覚がない。ふしだらとなる不安で、落ち着きがない。１日の進行にリズムが出てこないのである。もちろん気力のメリハリもつけようがない。したがって病人にされてしまう、なるしかない。しかし食事を取らないという

第3章　新しい年へ向けて、再びの闘い

事はその時間を拘束されないという事でもある。時間が十分に使えるという事になるのである。ある意味何か得をしたような気にもなる。食をするという事は家族や仲間との楽しい語らいがあるもの。これらがまったくなくなるという事は何と味気ない生活になる事か。

またいろいろな食事の種類があり、おいしいとか、甘いとか、辛いとか、すっぱいとかの味を楽しむ事ができる、ところが食事しないという事はこれらがまったくないという事。本当に無味乾燥な生活となるのである。時間のリズムだけでなく人間の生きるリズム、楽しさのリズム、英気を養うリズムも失われる事になる。

しかしこれを毎日、毎月そして1年中、生きている限りつくる者にとっては何とわずらわしい事であろう。1食消えた事による手の空いた喜びはまた、いいようのないものとなるのである。あり合わせのものを使い人に気を使わないで自分1人で自由にとる気安さ、楽しさはまた、格別なものと日頃よく聞く事はある。

ひょっとして、世の人間どもがこの点滴で生活するようになったら、コンビニエンスストアにとっては最大の天敵となる事であろう。

日頃何不自由なく食べられる事は何とありがたい事か。しあわせな事か。今更ながら、改めて感謝、感謝である。こうして気にもせずいつも食べられる物があるからこその事である。自然の恵みの偉大さ、尊厳に改めて感謝である。自然を大切に、そして自然との共存が人間の生きる源であるのである。つまるところ食をつくる人に改めて感謝である。"ありがとう"

"食べるために生きるのではなく、生きるために食べるのだ"

12月12日(金)　ICU室3日目

手術後の様態は順調である。

傷口は痛みもない、動くと傷口にこたえる。もちろん、傷口に負担がかからないよう注意しなくてはならない。したがって歩行リハビリ

もゆっくりである。まさしく病人である。

昨夜はよく眠れた。

今日午前中に一般病棟へ戻る予定である。

今回肝臓と肺の2ヶ所であった。部所が近かったので最小限の切開であった。それでも横方向30〜40cmの切開となっていた。今後もまた、発症の可能性は十分にある事であるがひとまず終わったのである。成功したのである。

ありがたい事である。また、出たら出たで出たとこ勝負だ。早期発見早期治療に依存する事である。

12月13日(土)

昼、粥の食事が出てきた。うれしかった。かみしめながら、おいしくいただいた。

しかしよく下痢する。しょっ中トイレに行く。体調は良好、歩行リハビリもまったく問題なし、鼻の酸素吸入もなし、背中からの痛み止めは未だ続行中、首からの点滴も継続中。排尿もドレーン排出も流れがよくない。トイレに貯尿袋が準備されている。明日から、自然排尿になるのかな？

12月14日(日)　年賀状の作成は断念

いつもなら年賀状を400〜500枚買い込んで原稿を印刷し発送準備をするのであるが、今年はガン再発転移の為に病院住いである。ずっとお互いの近況報告をし合っていたのであるが、今回はとてもそういう気分にはなれない。惨たんたる1年となってしまったので、これも「責任と覚悟」で今回は取り止める事にした。来年こそはこのガン克服を成し、喜んで報告ができるようにしたいものである。ここでは思い切り自分自身を追い込んでみるのもひとつの生き方である。ここからまさしく倍返しのつもりで再生に努力し活動を軌道に乗せて、それ

第3章　新しい年へ向けて、再びの闘い

なりの社会貢献を成し遂げたいものである。不自由な不甲斐ない1年に終わってしまった。やはり健康第一である。寄る年波はある程度、許容し受け入れなければならないが、このガンだけはそう簡単に片付けられないものがある。高齢期にあっても未だ前期である。できる事はまだまだいっぱい無限にある。やり残しは限りない。学ぶ事への意欲は尽きないものがある。ますます楽しくなるばかりである。学びが次なる希望となり際限のない前進成長へと繋がっていく。どんどん新しい気づき、発見、学びがある。活動もそれなりに拡がり充実していく。若い時とはちがった形での取り組み、活動が生まれてくるのである。これが尽きない次への活動への意欲とエネルギーになるのである。まだまだやりたい事ばかりである。足踏みしている訳にはいかないんだ。健康づくりはもちろんの事、心身の健康にまず全力投球する事である。それから駆け回りたい。

　そして、世界も駆け回りたい。柔道の研究と社会貢献活動は、これからである。新しい分野、世界が広がっていく。尽きない夢と希望がある。

　来年の年賀には今年の倍の想いを込められる事を強く願って、あえて今回は断念した。これも残念なれど、ひとつの仕掛けである。自分を追い込む事も必要である。これが私の『責任と覚悟』なのである。

　昨夜はよく眠れなかった。

　今朝オシッコのドレーンパイプが取り外され自然排尿ができるようになった。こうして順次装着している器具が外れると回復が実感できる。身軽になってくる。"ヤッター"である。後残っているのは首からの点滴とお腹のドレーンと背中の痛み止めである。

　今回も順調に快復している。ありがたい。

12月15日(月)

　朝6時過ぎに、歩行リハビリで8階のラウンジに行った時1人のご

婦人が"富士山が見えます"と教えてくれた。なるほどビル街の彼方先に富士山が見えるのである。夕方はここから夕陽の富士山を見る事ができるというのである。驚きであった。病院に居ながらにして朝夕富士山が眺められるという、楽しみをいただいた。ありがとうであった。昨日の朝オシッコのドレーンパイプが取り外され、身軽になった今、利尿剤を飲んでいるので小便の頻度が大である。一方、大便はなかなか出てこない。水分補給が不足しているかと思い、ラウンジの自動販売機からお茶のペットボトル（大）を買い込んできた。

　昨夜、夜遅くから傷口が痛み出したのでナースを呼んで薬を服用したが、殆ど効き目がない。ガマンできず再びナースコール。従来の痛み止めを服用したら、ラクになってきた。傷口がキリキリとかヒリヒリするとかの痛みではなく差し込むような、突き刺すような痛みなのである。初めてこの痛みを感じた。前回の時もドクターとナースから"痛みますか？"とよく聞かれた。普通の外傷の切傷でズキンズキンとかヒリヒリとか耐えられないほどの痛みを経験しているのでこの手術の大きな傷口はさぞかし痛む事だろうと予測していたが、意外とそういう痛みは殆ど感じないのであった。
　本当に不思議であった。昨夜は初めてこの痛みを体験するハメになってしまったのであった。処方をうまくやるとこうもラクになるものかと、改めて感謝、今の医療の凄さを思い知る事となった。

　今回もこの病院で命を賭けてのガンとの闘いがあった。その生命線で支え奮闘してくれたのはドクターとナースである。命をさらけ出した患者を分けへだてなく治療し看護してくれるのである。もちろん、昼も夜もない。まさしく献身的仕事、精励ぶりである。よくもこんなに人のめんどうを見られるものだと感心させられる。感服である。イヤな顔ひとつするわけでもなく明るく、ほがらかに対応している。全

第3章　新しい年へ向けて、再びの闘い

身にハンディを抱えている患者にとってはたとえようもない味方であり圧倒的支援者なのである。身体回りの事や身辺の事、トイレや食事そして休まる事のない間断なきパソコンでのデータ収集と管理である。それぞれの気づかいは相当なものであろう。さぞかし気疲れのある仕事職業であろう。

　しかし、そういう皆さんは人として誇れるすばらしい仕事を選んだものと思う。世の中、社会もこういう人たちで成り立ち組織が構成されていれば、さぞかし安心、安全で平和的であろう。食事の事や部屋の掃除管理なども行き届いている。ガン治療には再び来る事は決してあってはならないと決め込んでいるが、この雰囲気には何回でも来てお世話になりたい！

12月16日(火)

　今日ナースにシャンプーしてもらった。スッキリした、頭が軽くなり気分良好。首についていた点滴用の針も抜いてもらい一気に動きが自由になった。また、背中の痛み止め薬注入パイプも取り外してもらい、残りは体内ドレーン排出用の1本のみとなった。
　これまでの不自由な身がいっぺんに普通の姿に戻り身体全体で回復を体感する1日となった。気分も一転してきた。ベッドで静かに過ごす日々をしんぼうしてきたが、これで一気に元気モードに変身してきた。
　廊下側のベッドで昼間でも照明を灯さないと本を読む事ができず不自由をしんぼうしてきた。これからいよいよ反転攻勢だ。明るい窓際のベッドへの移動を決意し、ナースに申し入れた。婦長へ相談しておきますとの事、期待して待つ事にした。
　心身ともに急に好転。これもまた、明るい窓側のベッドに移れば最高の条件となり新聞や本を読んだり、レポートを書く事も自由にできる。"ヤルゾ！"の戦闘モードが一気に加速してきた。目がさめてい

る時はいつもレポート書きに集中。

　体調もすこぶる好調である。H先生も順調に進行している。ドレーン外しそう遠くないと言う。23〜24日頃に退院できればと欲が出てくる。

　死に直面している者にとって心身の損傷、ダメージから少しでも抜け出す事は生きる力と前に向かうエネルギー源として大事な事である。あるベテランドクターが大切にしている三つの言葉というのがある。それは「止める、ほめる、さする」だそうである。

　必死に頑張っている患者の、痛みやストレスを少しでもやわらげる行為は受ける側にとってはささいな事でも、かけがえのない大きな力となるものである。傷の痛みはもちろんの事、精神的なストレスを少しでもやわらげる行為はその患者にとっては、まさしく「神の手、仏の心」のような尊いものとなる。

　よく病は気からという。快復に向かう患者の立場はまったくそうである。これ以上悪化していくのを少しでも止めて早く良くなりたいという患者の気の持ち方は、その後の病状に大きな影響を及ぼすのである。いつも患者に寄りそうドクターとナースの言動はそれに大きな影響力をもつのである。その良し悪しの結果は重大である。

　患者の立場になり身も心も寄り添ってくれる事はどんなに心強い事か計り知れないものがある。場合によってはドクターもナースも人の成す事、全てがそういう訳にいかないケースもよくあり得るのである。患者を物としか見ない人も中にはいるものである。気分の良し悪しはたとえようもないほどの機能を果す。時としては奇跡を起こす事にもなるのである。ドクターとナースの思いやりの心は、まさに患者にとっては「神の手、仏の心」であり、すがる思いがあるのである。何人であれ、人と人とのかかわりの度量の大きさが見えるもの。人間とは何とすばらしいものであろう。お互いの感謝する心、ありがとうの思い

第3章　新しい年へ向けて、再びの闘い

やりの心は何と美しいものか。先ず痛みを止めて、そして患者のいいところをほめてさらに手でさすってあげるのだそうである。ドクターの極め人である。

12月19日(金)

今日も快晴、しかし外界は大部冷え込んでいるようである。北海道は大雪で大変という事である。"体調良し"。

H先生、M先生が巡回診察、順調な回復なので来週には退院できるのではと言う。"ヤッター"、具体的に退院のメドが立ってきたのでうれしい。

12月21日(日)

今朝の往診時、退院が23日予定となった。ただし今日ドレーンを取り外した以降、特に異常がなければとの条件付きである。

家族にその旨伝え、迎えの車の準備の相談が始まった。それぞれ予定、都合があるので詳細は正式に退院が決まらないと誰が迎えに来てくれるかは不明である。退院する話なら、待望のシャワーはいつ頃浴びる事ができるのであろう？

当分の間、入浴は未だできないという。

12月10日(水)に手術後14日、丁度2週間となる。2〜3週間ぐらいの予定と言われていたが、最も早い2週間で退院できるところまできたのである。肝臓と肺の2ヶ所であったが、2つとも1cmに満たない大きさであったという。開腹は前回の身体の中央線から横方向に切った場所の延長方向への最小限の大きさで処置できたとの事で、約4時間の手術となったのであった。切腹した量も、所要時間も前回の時の約半分である。したがって、疲労の度合も少なく本当にラクであった。前回のような下腹部に傷がない事で身体へのダメージが少ない事と、

身体の動きとバランス上においても負担が少なく気楽で安心の毎日であった。ホントに良かった。ありがたきかなである。

　もし、悪い状況になった場合には年末ギリギリくらいかとの心配もしていたが、このように順調に事が運んで感謝である。食事もおいしく、きれいに食べる事ができて何一つ不自由な思いをする事なく終わる事ができた。

　こうして今回も無事に終える事ができたのであるが、しかしこうして転移した事実は今後も次から次へとそして何処にでも出現してくる可能性が非常に大きいという事である。したがって、この不安は残るが、結局は出たとこ勝負するしかない。現在の医療技術を信用して早期発見、早期切除する事がベストの方策である。

　日常生活に気をつけて、余計なストレスを溜めないよう注意する事である。今回も家族を始め関係の方々に多大のご迷惑をおかけしたが、元気を取り戻し活動する事が何よりのご恩返しと思っている。

　また、いろいろ思索する絶好の機会とも成った。かけがえのない貴重な学びをする事ができた。感謝のありがとうの心が全てである。

12月23日㈫　退院前日

　日本列島は寒気団に震えあがっていると言う。病院はまったく別世界である。浴衣姿でいいんだから。明後日、退院が決定。うれしい。ありがたい限りである。しかし、家に帰ったらこの寒さ、身にしみるであろう。

　前回、6月の時が41日ぶりの我が家への帰還であったが、今回はその約半分の18日ぶりとなる。いかに前回が重く大変であったか改めてわかる。まさしく"地獄からの脱出"だったのである。こうしてベッド上でよく思索、思考する機会となった。これまでの人生と現在、そして今、さらにこれからを……。

　学生期、家住期を過ぎて今、林住期だ。林住期とは林という自由な

第3章　新しい年へ向けて、再びの闘い

世界で自分の好きな生き方をするという時期である。

　ところが自分は今、この"ガン"との悪戦苦闘中である。しかし、これはこれからやってくる遊行期へのアプローチであり、そのための諸々の試練なのかと思う。きっとこれを乗り切れば待望の遊行期に行き着くのだ！　夢か幻か？　行くぞ！

　快方に向っていると病院ぐらしもまんざらでもない。完全看護で、不自由はなし、24時間、何事でもやりたい放題である。読む事、書く事、聴く事なり、今日も暇があればいつもこういうふうにその時折の想いを書きとめる事にしている。したがって退屈する事はない。暇をもて余すという事はない。今回、哲学者・宗教家の山折哲雄の『やすらぎを求めて』の講話集全8巻を繰り返し聴く事ができた。堪能する事ができた。家に居る時、丁度これを買い込んで先ず1巻目から聴き出したところであった。この病院ぐらしに備えてウォークマンを購入したのであった。大成功となった。

　「人生」「生き方」「学び方」について、新しい学びが沢山あった。長い人生を多く学んだ。人の話にはズシリとした重みがある。アフリカでは老人の死はいくつもの学校が消滅した事に等しいと言われている。"青年は麗し、されど老年は偉大なるかな"である。

　今、明日退院する事などを、8階の誰もいないラウンジで書いている。真っ青な空、やわらかな朝の日ざしを浴びて渋谷のビル街が眺望できる。静かである。美しい平和な光景である。遠くには富士山がくっきり見える。

　また、こうして無事に退院を迎える事ができる。とにかくありがたい、うれしい限りである。この"ガン"との切除の闘いは、これがポリーブの切除から通算すると4回目となった。4回戦を勝ち抜いた事になる。これが今後、どのくらいの戦いが残っているものなのか？　決勝戦はいつになるのであろうか？　これこそ"神のみぞ知る"なのだろ

う。"いつでも来い"という覚悟はできている。この戦いも経験豊富となり、それなりの作戦、戦術も練れるようになった。余裕を持って事前準備そして本番に挑む事ができるようになってきた。今回もいろいろ考える機会となった。それなりに何ものにも代え難い学びをする事ができた。家族の事、今こうして生きて、生かされている限りの多くの人々との関係の事、これまでの生きた歩み、そして、現在、さらに、これからについて。退院できる今、正直に全ての事に向かって心から"ありがとう"と言う他ない。この憎っくき"ガン"くんにもお礼が言いたくなる。しかし、もう出てきて欲しくない。今回は山折哲雄の『やすらぎを求めて』の全8巻、講話集のCDを買い込んでくり返し学習する事ができて、まさしく自分の人生のこれまでと現在、そしてこれからを考えるに貴重な学びをする事ができた。

　充実の？　入院生活となったのである。ドクター、ナース他、病院の関係の皆さんには今回もひとかたならぬお世話になった。ただただ感謝するばかりである。心ゆくまで闘病、そして療養する事ができました。これも"縁"、関係する多くの人々の命をつなぐすばらしい"縁"ができたのである。全てに"ありがとうございました"となる。また、来たくはないがこの"ガン"くんの転移の力は決してあなどれないものがある。挑戦は"いつでも来い"の覚悟はできている。しかし、しばしのお別れだ。とりあえずの休戦だ。いつでも戦えるようにさらなる鍛錬を積んで待っているぞ。"ガン"くんさようなら、(ありがとう？)"さらばじゃ"。

　"ガン"患者、"ガン"闘病者、"ガン"ファイター

　"ガン"保持者、"ガン"愛好者の仮屋茂であってガン友好協会の会長でもある。

　最後の夕食、とてもおいしかった。

第3章　新しい年へ向けて、再びの闘い

　いつもおいしくいただいていたのであるが今日が最後の夕食となったのでひとしおであった。
　こうして無事元気になって退院できる事への感謝の意をこめて、しっかり噛みしめながらそして味わいながら食べさせていただいた。
　ちなみに今夜のメニューは（献立2014年12月23日夕食820仮屋茂様と印刷された用紙がいっしょに配られる）
　　　米飯150ｇ　かにスープ　八宝菜　大学芋　拌三絲
※治療計画（塩分制限など）や食材の入荷等により、献立内容が異なる場合がございますと添え書きがある。
　入院中の元気の源となりました。
　三度三度の食事で今日は何だろうと期待し楽しみながらいつもおいしく食べる事ができました。
　私はおかげ様で無事明日退院します。
　本当にありがとうございました。

コラム⑧

「地獄からの帰還」

　地獄からの脱出を目指して"死んでたまるか"、"くたばってたまるか"、"負けないぞ"と強い意志のもとにガン闘病生活を送って来た。昨夏の41日間、さらに、暮れの再発、転移の入院生活はガンの恐ろしさを思い知らされる事となった。これまでの「人生観」と「死生観」を変える劇的なものとなった。我が人生72年のこれまでと現在そしてこれからを考え、人生の店終いを覚悟するものとなったのであった。これがついに"生かされ、生きられる限り"の死生観に至ったように思う。たった一度きりの人生、やり直しが効かない。人生の戦いはトーナメント戦である。その日、その瞬間が勝負である。生き抜く信念が全てだ。人として、親として、人間として、さらに地球人として。子ども大好き、人間大好きの人間愛がその人生を織り成し築き上げたのだ。

コラム⑨

「幻の年賀状」

　年男の１年、今更特別な期待もしていませんでしたが、予期せぬ苦しい１年となりました。"皮をはぎ、肉を切り、骨を削る"思いのこれまでの人生に加えてさらに今、命を削り取る１年になってしまいました。

　６月に10時間かけての大腸と肝臓へのガン転移の大手術となり、そしてこれは41日ぶりの帰還となりました。これで転移が起こってきている事が判明。開腹切除する事を覚悟し辛く苦しい入院生活となりましたが、無事に帰還する事ができました。

　ところが、この手術後の３ヶ月後毎の検査に入ったところまたしても肝臓に新しいガンが発症しているという、追い討ちを受ける事となりました。もう、こうなったら早期発見、早期切除をベストポリシーとし、12月に再入院したのでありました。"人生について"、"命について"真剣に考える機会となりました。72年の人生、場合によっては店終いの整理をする「責任と覚悟」をもしました。年初めから期待していた１ヶ月のフランス訪問も無惨に中止せざるを得ないものとなり残念至極でした。逆にフランスから７月にジャック・ジドンが遠路わざわざ見舞いに来てくれました。

　また、一方では長男・力に第２子「功」くんが誕生し新しく家族が増えました。まさしく私の生れ代りとなるところでした。こうしてみんな元気でうれしい限りでありました。他家族はみんな元気、何よりです。辛いのはこの身限りのものとして祈りつづけた１年でした。とんだ「年男」ではなく、だから年男であったのかと思い直し、納得をしながらこの１年を締め、来年こその決意をしております。

第3章　新しい年へ向けて、再びの闘い

コラム⑩

「戯れて」

　入院中の気晴らしに、鼻の下の髭を伸ばして見た。約10日間、ずいぶん伸びたものである。こんな戯れができるのも、前回とちがう余裕の表れである。遊び心である。前回は結構、苦しく辛いそして長い入院生活となった。顔髭を元気になるまでは剃らないと決め伸びほうだいにした。もちろん鼻髭も。むさくるしい格好は、気分もすぐれなかった。雰囲気も陰気であった。いつもと完全にちがう仮屋茂がそこに在ったのである。しかしその後、実はこの髭を剃るのにひと苦労したのである。とり合えず荒剃りして残ったものは翌日にやっと剃り落としたのであった。
　今回の鼻髭はこれとはまったくちがう遊び戯れ心があって、むしろ楽しい経験をした。新しい自分が居るのである。まさに「茂爺」がそこに居た。茂爺の誕生、参上となったのであった。
　"なかなかいいぞ"とまんざらでもない様子である。しかしこれは明日限りである。これもまた、"ありがとう"である。

　病院のベッドぐらし、A棟、8階、820号室。
　今回はこの部屋だけで過す事ができた。
　手術後2泊3日はICU室に移ったがまた、元のこの部屋に戻る事ができたのである。
　4人部屋の入口から入って右側の手前のベッドである。手術前、手術後のしばらくの間は、この場所で何ともないが、快方に向かって来ると本を読んだり、書き物をしたりし出すと窓側の方がずっと良い。

途中で窓際への移動をお願いしたら次の日に同じ部屋の対角位置に移る事ができた。
　大きな窓、渋谷のビル街が眺望できる。太陽の光もさんさんである。気分もさわやかとなり快復も加速する。読書や、記録にもってこいの場所となった。病人用のベッドであり当然の事ながらベッドの上げ下げはもちろんの事、頭の方だけとか、脚の方だけとかの調整も自由にできる。
　このベッドの上におおいかぶさるように自由に回転移動しながら使えるテーブルがまた、非常に便利である。食事の時もこれを使う。いつもベッドの上に正座していただいた。
　しかしこのテーブルの高さ調整はできないと思っていたのにある日、ナースがパッと簡単に高くしたのである。
　大きな驚きであった、そうかこのテーブルも上下ができるので、まさに三次元移動ができる万能机なのである。仕事をするのだ。この日からこの機能を最大限生かす事にした。便利で快適となった。
　食事もベッドに腰かけて、このテーブルの高さを最適な位置にしてとる事ができる。
　また同じように新聞を読む時も、簡単に高さ調整ができるのである。一番便利に思った事は書き物をする時である。それまでベッドの上に正座して書いていたのであるが、これが普通の机とイスのように使えまた好みの高さ調整ができて面白いようにはかどるのである。使い方によってこんなにも"便利"くんだったのかと改めて感謝している。"知ると知らない"でこうも変わってくるのである。聞けばいとも簡単にできる事なのに……できないという固定観念が"不可能"という固い封印をしているのである。このように知ってわかってしまうとまったく何でもない事がとんでもない不自由や無知をつくり出し学びと成長を阻害している現象が多いのである。いつでも疑い考える頭と好奇心は失いたくないものである。この次からこのテーブルを最大に活かし

第3章　新しい年へ向けて、再びの闘い

て使いたいと思っている。楽しみである。（また、来る気だな？）

　最後の夜、始まりがあれば終わりがある。
　朝の来ない日はない。
　入院があれば必ず退院が来る。
　いよいよ明日退院となった。
　今回もお陰様でトラブルもなく無事終わった。
　もちろん未だ痛み止めの薬は服用しなければならない。
　今夜シャワーを浴びた。
　手術後初めてなので少し心配であった。
　風呂に入るのはもちろん駄目である。帰って以降もしばらく禁止となった。年明けにこの術後の検査に1月8日(木)10時に来院する事が今日決まったがこの日までは入浴できない。
　しかしシャワーができるだけでもありがたい。
　ゆっくり湯船につかりたいがこれはガマンするしかない。6月の退院時にはもう二度と来ないと言って帰ったのであるが今後も転移は必ずあると覚悟している。
　したがってまだ何回かはこういう形でお世話になるものと思う。とりあえずは、関係の皆様本当にお世話になりました。心からお礼申し上げます。ありがとうございました。快適でした。

12月24日(水)　退院

　今日は退院の日、ついにこの日が来たのである。
　"おめでとう"である。"ありがとう"である。素直にうれしい。喜びである。"歓喜にいたれり"である。
　トラブルもなくこうして無事退院、何よりの事である。
　ひとまずこの闘いは決着がついたのである。肝臓とおまけに肺にも発症していたのである。したがっていつまた転移再発するかである。

当然出る事はもう覚悟している。とりあえずは、先の事はさておいて今日は"おめでとう"である。

こうして無事元気で戻れる事はうれしい事、ありがたい事である。諸々の事に心からの感謝あるのみ。

"ありがとう"、"ありがとう"である。

今日は"クリスマスイブ"

最高のプレゼントとなった。

"サンキュウベリマッチ"

"メルシーボーグ"

"ダンケシェーン"

"謝謝"

"カムサハムニダ"

のぞみ幼稚園の子どもたちからの見舞いメッセージ

ありがとう。さようなら。

うれしい退院の日である。入院する日もあればこうして晴れがましく退院する日も来るのである。

荷物をまとめて同室者にあいさつして820号室を後にする。そしてナース室にひと声をかけて8階から1階へ。この入院期間、命をかけての生活であった。ドクター、ナースその他病院の関係者にお世話になってこうして元気に退院できる事は本当にありがたい事である。無事に帰れる事は何とうれしい事……。何とすばらしい事か。正直、万感胸に迫るものがある。全てに心からの感謝の念で病院に"さようなら"を言うのであるが、ドクターやナースの見送りみたいなのはまったくないのである。さらに"良かったね""退院できて、おめでとう"とかはまったくないのである。愛想なしなのである。

これも何だかひょうし抜けて淋しいものがある。ドクター、ナースの皆さんはいつも通り平常業務に精を出しているのである。しかしこれもまた、凄い事だなあと思う。病人が1人元気に回復して帰ってい

第3章　新しい年へ向けて、再びの闘い

く。これは当たり前の事。病人が1人死を乗り越えて退院していくのに、まるで何事もなかったかのように平然と日常業務に精を出しているのである。仕事とは言えすごい人達だなあと改めて感心、感動しつつ家路に向かった。

　"やっぱり我が家はいいなあ、一番だ"、落ちつく。
　ゆっくり、ゆったりできる。心身ともに休まるところである。安全の場所はここなんだ、当り前の事である。我が家だもの。
　今回は18日ぶりの帰還である。未だ身体が不自由である。傷口を自然と守る意識が働いて自由に動くわけにはいかない。
　こうしてゆっくりくつろぎながら養生する事だ。あわてる事はない。むしろ、今が一番大事な時である。ムリをしない事である。しかし寒いなあ、病院のように浴衣姿で生活するようにはいかない。せまい我が家では歩き回る事ができない。未だ外を散歩するまでには回復していない。毎日快晴で歩きたいところであるが、これも今はガマンするしかない。それにしても寒い。着込むしかない。
　だけどやっぱり我が家、最高にくつろげる場所である。一気に快方に向かって前進だ。

12月25日㈭　傷跡

　痛々しい傷跡。凄いなあ。こんなに大きく切腹したのかと改めて驚いている。惨酷な姿である。しかし現代医療技術は凄いものだとつくづく感心させられる。2週間もすると家で生活できるのである。前回もそうであったが毎日、毎回ドクター、ナースが"痛みますか？"と聞くが、その痛みは不思議と感ずる事はなかったのである。もちろん手術中は麻酔が効いているので痛みはまったく感じる事もなかったのであるが術後でもたまらないほどの痛みはなかったのである。軽い切り傷ですら"ズキン""ズキン"という痛みがあるのにこんな大変な

切り傷なのに殆ど感じないのである。ホントに不思議な事、ありがたい事であった。こうして家での養生中も急な動きをしない限り痛みは起こらない。しかし傷口をカバって身体を自由に動かせないので不自由さはある。しかしそれもこの養生で日毎に快方に向かっているのを体感している。さあ"再生""再起"だ。"復活だ"ガンバロウ！

2015年1月1日㈭　新しい朝　新しい年

"新しい朝が来た　新しい年が明けた"
　穏やかな晴れの天気何と清々しい新しい年の幕開けか。
　空の青さが目にしみる。こんなに真っ青な空は珍しい事である。
　元気で新年を迎える事ができて、うれしい限りである。
　見るもの感じるものが全て新しく感動的だ。昨年6月と12月のガン切除手術はこれまでの人生に最も険しい道であった。生きる事、命ある事に改めて感謝の年であった。新しく誕生してやがて4ヶ月となる第5番目の孫は新しく生き抜くための大きな力をくれた。生きる事の想いはこの新しい命がかけがえのない力を伝えてくれた。こうしてみんなそろって我が家で平和に正月を迎えられた事に無限の感謝と夢が広がる。
　今年も何が起ころうともこの新しい「責任と覚悟」が我が行く道をつくってくれるであろう。

第3章　新しい年へ向けて、再びの闘い

コラム⑪

「天命」

　この42年間私の人生は「鹿嶋柔道スポーツ少年団」と共にあった。"先生"と呼ばれたこのひと言が私の人生を築き新しい世界を創り出したのであった。地域の小さな営みの始まりは"道無きところに道をつくる"という難行苦行の道程となった。その都度の新しい気づきと発見と学びの学習は無尽のエネルギーを培いそれが全て自分の人生修行となったように思う。"十有五にして学びの楽しさを知り三十にして立ち、四十にして惑わず五十にして天命を知り六十にして耳したがい七十にして心の欲する所にしたがひて矩を踰えず"（論語　孔子）の人生の足跡ができていたのであった。"皮をはぎ、肉を切り骨を削る思いの人生の戦いは今、命を削る戦いに入って来て、"媚びず、群れず、揺るがず、絶ゆまない"信念の生き方はこの戦いの中に自然と身について来たものであった。
　田舎の小さな活動が今、世界の仲間と柔道哲学の道を共有し世界平和に貢献する活動へと大きく広がり進展しているのである。限られた命を思うほどにこの新しい夢と希望は愛しいものとなっている。
　この１日この一瞬を光り輝くものにしなければならない。"天命をもって生き、天命に死す"。

ドイツ、エルツ柔道クラブとの交流

コラム⑫

「安らかに眠る」

　朝が来ない夜はない。
　暗い夜も必ず、朝が来るのである。自然のうちに今日もまた、新しい朝が来るのである。こうしてこの世で、これまでになかったまったく新しい朝新しい日が明けてくるのである。
　そして戦い終えて日が暮れて夜になるとみな床に就きゆっくり休むのである。これが人間の生きる自然の姿である。
　人生は戦いである。
　人生は苦労である。
　人生は重い荷物を背負って歩くが如し、"生老病死"の人生いつもいくつになっても人それぞれにいろんな苦しみがあるのが人生である。なければないの苦しみがあり、あればありの苦しみがあるのである。それら１日、１日を積み上げて人生が綴られるのである。その１日を終えるとゆっくり休み眠るのである。同じように人の一生も終わると安らかに眠るのである。
　１日を終えて眠るように一生も理屈なく終えていつか眠るのである。
　安らかに、これが人生だ。"一生のおやすみだ"。
雨ニモマケズ
風ニモマケズ
雪ニモ夏ノ暑サニモマケズ
丈夫ナカラダヲモチ
慾ハナク
決シテ瞋ラズ
イツモシヅカニワラッテヰル
－中略－
ホメラレモセズ
クニモサレズ
サウイフモノニ
ワタシハナリタイ

『雨ニモマケズ　宮沢賢治』

おわりに

　あと何日、生きていけるのか？　１ヶ月、３ヶ月、１年とか？　ガンとは逃げられない敵なんだ。だから覚悟するしかない。驚きである。恐怖である。ショックである。目の前が真っ暗になった。
　とても信じられない。なぜなら、どこも痛くもないし、かゆくもない。体調が悪いという自覚はまったくない。食欲が減退したとか、体重が減ってきたとかなど、その気配はまったく感じられないのである。始まりは、市の健康診断に行って怪しいところがあるから専門の病院で詳しく検査しろという事から。この時も、元気だし行く気はしなかったのであるが、定年して、しばらくなるから、時間もある事だし。高齢者になったら"要注意"といろいろな警告も出されている。加齢による諸々の衰退現象は、日頃自覚する毎日であったので、念のためと、家内を連れ立って行ったのであった。何かのまちがいだろうとタカをくくって精密検査、診察してもらったところ、大腸にポリープがあると言う。ウソだろう。たかがポリープと思っていたが、切除すべきという診断結果にしたがい入院手術する事を決意したのであった。この時この結果を信用しない訳ではなかったが、子供たちと相談し、セカンドオピニオンの権利を活用した。結局、東京のあるクリニックで内視鏡による切除を実施した。これで全て終わりと安心していたのであった。年も年だし、相手がガンという事もあって、念入りに、そしてていねいに事に当ってきたつもりであったがしかしその後、これが肝臓と大腸に転移している事が判明し、この６月に10時間の大手術をするに至ったのであった。"ガン"もどきで大さわぎしてかえってガンを怒らせる事になり、悪化し命取りになるという情報も入っていたので頭をかかえる事になった。変な言い方になるが、いよいよこれで本格的なガン患者になってしまったというところである。したがって自分の死を考えざるを得ない状況に追い込まれていったのであった。

"死ぬのか？"、"いよいよか"と真剣に考え、追い込まれてきたのである。どうすればいいんだ。何をすればいいんだ。先ず身辺整理である。自分の死後に迷惑がかからないようにひとつひとつ始末していく事。組織、団体の係、役職も後々に迷惑がかからないよう手を引く配慮をしていく事。それから家族の事。遺産相続をするほどの財産もなし子供たちに、余計な心配をかけないようにすべき事を順次やっておく事である。葬式は不要、墓は先に墓地をもらっているので、今のうちに自分の好みの質素な個性的な物にしようと考えている。

　大ざっぱにこんな事を考えながら、つまるところ死をどうするかである。死をいかに生かすか？　死ぬ事よりも、いかに良く生きるかであると言われる。死ぬという事は仮屋茂がこの世から永遠になくなるという事である。

　"淋しい"、"残念至極"は当然である。未だやりたい事、やり残しがいっぱいある。もっともっと学び、学習する喜び、楽しみを味わいたいという強い欲求がある。柔道をもっと研究したい、真の柔道普及をもっと広げたい。"柔道の心を世界に"、"柔道の道を世界中に"を。フランス、ドイツを中心にして海外への活動を充実させたい。

　これらは、これからが本番と期待していたのである。林住期、遊行期の最大の楽しみと考えていた。もっと人のため社会のため貢献したい。これが道半ばで断たれる事は本当に残念であり辛い。未だ充分な働きをしていないという心残りがあるから、例えこのガンでもあと10年、いや5年は待って欲しい。

　一方"もういいよ"と、やるべき事をやって72年。生きて、生かされてきたのであるから"良し"とする覚悟もできている。孫たちの成長をもっと見ていきたい。2020年の東京オリンピックの変革と柔道の果す役割、師範の夢の実現化に期待し、これをこの眼で確認して安らかに……と、自分の都合ばかりを言っている。これではいつまでたっても死ねないぞ、死なないぞ！　"死んでたまるか"。

あとがき

　"ガン"、何という恐ろしい響きを持つ言葉であろう。何という恐ろしい字であろう。何と忌まわしい言葉であろう。だれであろうとも"ゾッ"とする。何でこんな言葉、字があるのであろう。こんな漢字など知りたくもなし、書ける必要もないと思っていた。しかし、こうして縁ができてしまって漢字で"癌"と書けるようになってしまったのである。もっと別な言い方、言葉で表現する手段はないものだろうか？　もっと別な響きをもった表現方法はないものだろうか？　絶対にそれはないであろうな。死因で、不動のトップに君臨しているんだから。日本人の３人に１人がガン保持者であるというではないか。人を震え上がらせる"ガン"、こいつは恐怖のどん底、奈落の底に突き落とす極悪人である。小さなささやかな"幸せ"を感じながら、日々精いっぱい、そして真剣に生きている人々を、一転、地獄へ陥れる最大、最悪の非道なる奴なのである。

　"何で、俺がこの"癌"になるんだ"。"何で癌にならなければならないんだ"、"クジ引きなど当たった事がないのに何でガンに当たらなければならないんだ"。しかし、日本人は３人に１人がこのガン患者というのだから確率は確実に高い訳だから当たってもおかしくはないのか？　現実に、正真正銘のガン患者なのだから受け入れるしかないんだ。逃げられない事実がここに現然としてあるんだ。仕方がない。しばらく？　仲良くつき合うしかない。受け流すしかない。この世に生を授かって72年間、愚直な人生であった。自己責任のもと、自助努力で、道なきところに道をつくってきた。学生期、そして家住期とそこにはいつも戦いがあった。"七人の敵あり"の人生の厳しい戦いの連続であった。"先見性"、"計画性"、"地域性"、"国際性"の四本柱が人生を形づくってくれた。時として"皮をはぎ、肉を切り、骨を削る"思いを幾度となく体験し、人知れず苦労してきた。今は、また命を削

る思いをしているのである。命は限りあるもの、全て"お天道様"の「導き」とあらば覚悟あるのみである。まさしく『日々是好日』。そして一切『諸行無常』の心境なり。

　人は1日を終えて寝るように
　人は一生を終えて眠るのである
　これが、人がこの世を去る自然の理なのである
　即ち、これを"死"と称するのである
　戦い済んで日が暮れて何事があっても
　人は夜がくると床に就き眠るのである
　人の一生も同じようにいろいろな人生のでき事を積み上げて遂には眠るように一生を終えるのである。これが人間の自然な営みなのである。天命なのである。
　"死んで仏に成るはいらぬ事　生きているうちに良き人となれ"
　"博く学びて篤く志し、切に問いて近く思う。仁、其の中に在り"
　"明日死ぬかのように生き、永遠に生きるが如く学ぶ"
　"ガン患者"、"癌ファイター"、"ガンマン"、"Splendid cancer Fellow"
　こうして4冊目の本を書く事は予期せぬ事であった。真に最期の形を残したいという切なる想いからであった。真剣に生きる事、人生の事、人との出会いやかかわりの事、そして親子、夫婦、兄弟、家族、親戚の事、これまでの一生の歩みなどじっくり考える事ができたのであった。その時の想いのままを書きなぐったのであった。
　このようにしてまたしても、悠光堂佐藤社長には大変お世話していただいて、また、担当の遠藤由子様、太田雅美様にはいつもながら乱筆の原稿読みや編集においては大変ご苦労をおかけした事改めてここに厚くお礼を申し上げます。ありがとうございました。
　―媚びず群れず揺るがず弛まずの子ども愛、人間愛に真面目に愚直に懸命に生き抜いた1人の人生の遺書である―（ところが未だ幸いな事に本人は生きている？）

著者紹介

仮屋茂（かりや　しげる）

1942年生まれ。鹿児島県出身。講道館柔道7段。
茨城県スポーツ少年団　副本部長、茨城県スポーツ少年団　指導者協議会委員長、茨城県実業柔道連盟副会長、第74回国民体育大会　茨城県競技力向上対策本部、普及強化委員会委員、茨城県青少年育成協会　理事、鹿嶋柔道スポーツ少年団　代表者、NPO法人コネカクラブ　理事長、一般社団法人コミュニティスポーツ研究所　所長、NPO法人まちづくり協会　理事、前全日本青少年育成アドバイザー連合会　会長、前関東ブロック青少年育成アドバイザー連合会　会長、前茨城県青少年育成アドバイザー会　会長、前日本スポーツ少年団　全国指導者協議会副委員長、前茨城県柔道連盟　教育普及部長、元鹿嶋市体育協会副会長、元鹿嶋市柔道連盟会長、元鹿嶋市青少年育成市民会議会長、元鹿嶋市スポーツ少年団本部長、元住友金属鹿嶋製鉄所柔道部　監督

柔道による国際相互交流活動　フランス、ドイツ、カナダ、他63回
生涯学習コーディネーター　「広報特命大使」、「学びの達人、遊びの達人」

主な著書
- 仮屋茂の2歳から始める！子育て支援Judoスポーツ　心も身体もぐんぐん伸ばす『夢中劇場』（悠光堂）
- 地球の裏側からの東日本大震災復興支援　友情に応えるフランスの旅（東京創作出版）
- これでヨシ　中学校武道必修化柔道（悠光堂）

生かされ生きられるなら

2015年9月30日　初校第一刷発行
2015年11月20日　第二刷発行

著　者　　仮屋茂
発行人　　佐藤裕介
編集人　　遠藤由子
発行所　　株式会社 悠光堂
　　　　　〒104-0045
　　　　　東京都中央区築地6-4-5
　　　　　シティスクエア築地1103
　　　　　Tel：03-6264-0523　　Fax：03-6264-0524
デザイン　ash design
印刷・製本　株式会社ベスト

ISBN978-4-906873-45-6　C0095
©Sigeru Kariya 2015
Printed in Japan

本書の無断転載を禁じます。
定価はカバーに表示してあります。
乱丁・落丁本はお取り替えいたします。